Vincenzo Padula

Antonello capobrigante calabrese

dramma in cinque atti

© 2023 Culturea Editions

Texte et illustration de couverture : © domaine public
Edition : Culturea (Hérault, 34)
Contact : infos@culturea.fr
Retrouvez notre catalogue sur http://culturea.fr
Imprimé en Allemagne par Books on Demand
Design typographique : Derek Murphy
Layout : Reedsy (https://reedsy.com/)

Dépôt légal : janvier 2023
Tous droits réservés pour tous pays

ISBN : 9791041841561

PERSONAGGI

ANTONELLO, capobrigante

SBARRA, CORINA, GIUSEPPE, suoi compagni

MARIA, moglie di Giuseppe

DON PEPPE, pastore

BRUNETTI, ricco galantuomo

LA SIGNORA, moglie di Brunetti

LUIGINO, loro figlio

ROSA, cameriera della Signora

UN MARESCIALLO DI GENDARMERIA

UN CAPO URBANO

GENDARMI, che non parlano

L'INTENDENTE DI COSENZA

PADR'ANTONIO, cappuccino

PACCHIONE, pittore

CORO DI DONNE

ATTO I

(La scena è nella Sila, nel bosco di Macchiasacra, l'anno 1844).

SCENA I

CORINA, SBARRA CHE DORME, E POI DON PEPPE

CORINA — *(Parlando ai compagni, che rispondono da dietro la scena)* Dunque a che ne siamo col castrato? Lo avete scojato?

UNA VOCE — Sí.

CORINA — Sventrato, e lavato bene?

UNA VOCE — Sí.

CORINA — Condito con sale, saime, aglio, pepe, lauro, e rimesso e cucito dentro la propria pelle?

UNA VOCE — Sí.

CORINA — Bravo! Ora scavate una fossa fonda tre palmi, e sotterratelo, sabbiandolo bene; poi gittategli sopra tre grossi ciocchi di pino, e quando ne sentirete venir fuori un odore d'incenso, levate il fuoco, e chiamatemi. *(Parlando solo)* E questo or sí ch'è vivere. Appunto per farmi una sventrata son divenuto brigante. Ma sarò fucilato: e che importa? Meglio tre mesi tauro che cento anni capra. Or chi viene a questa volta? È sbrigativo, ed ha buone gambe quel pastore: è andato e venuto da Cosenza in meno di un credo.

DON PEPPE — Ben trovato.

CORINA — Ben venuto. Tu dicesti chiamarti Filippo, non è vero? Ma in Calabria ciascuno ha un soprannome; il mio è Corina; il tuo quale sarebbe?

DON PEPPE — Don Peppe.

CORINA — Don Peppe mi piace. Dunque, caro Don Peppe, sii segreto, sii fedele, e farai fortuna. Con chi stai a servigio?

DON PEPPE — Col signor Brunetti.

CORINA — Che animale è costui?

DON PEPPE — Coniglio, tigre e majale.

CORINA — Ah! una trinità di bestie?

UNA VOCE DI DENTRO — Il castrato fuma.

CORINA — Aspettate. E saresti capace di tradirci con costui?

DON PEPPE — Io? Vorrei vederlo cotto come il castrato di lí dentro. Ma io duro al suo servigio in qualità di pastore, perché amo la cameriera di sua moglie, e devo sposarla.

CORINA — Qualche pignatta rotta, eh? Ma non importa. Tu avrai il tuo presente di nozze, se torni con avere eseguita fedelmente la commissione di Antonello.

DON PEPPE — Ho qui la risposta.

CORINA — Bravo! *(dà un fischio).*

SCENA II

ANTONELLO E DETTI

ANTONELLO — È vero, Don Peppe? sei venuto? ed hai la risposta?

DON PEPPE — Eccola.

ANTONELLO — Questo carattere non è del mio avvocato... è dunque suo... proprio suo? Grazie, mio Dio! O Corina, tremo come un fanciullo, ed ho paura di aprirla. Parla, Don Peppe, contami il viaggio.

DON PEPPE — Feci come imponesti. Giungo in Cosenza con un'ora di giorno; entro in una bettola, ed aspetto. Tramontato il Sole, vado a fermarmi sul ponte di S. Domenico. Passano soldati, che m'alluciano, ed io accendo la pipa. Passano artigiani, contadini, galantuomini, e nessuno mi guarda in faccia. Ne passa uno finalmente, un po' panciuto, con la lente sul naso, e guardando il cielo dice: Che bella luna! Io subito rispondo: Ma il tempo è ad acqua.

ANTONELLO — Era il mio avvocato.

DON PEPPE — L'avvocato dà subito volta; mi ripassa di fianco, e mi dice a fior di labbra: Seguimi alla distanza di quindici passi. Lo seguo, e fummo in sua casa. Legge la tua lettera, mi lascia pane, vino e formaggio, mi chiude a chiave in una stanza, e tutta, quella notte e 'l giorno appresso non vidi anima viva. Jersera finalmente mi dié la risposta, me la cacciai tra l'uno e l'altro tacco delle scarpe, e son tornato.

ANTONELLO — E in Cosenza che si fa?

DON PEPPE — Si piange. Case e strade, usci e finestre sono in lutto; le botteghe chiuse, la gente paurosa di guardarsi in viso, un via va di gendarmi, di linea e di cavalleria. Tutti guardano alla prigione dei Bandiera, e le signore digiunano, e fanno la novena a Maria del Pilerio, perché li salvi.

ANTONELLO — Oh! i Bandiera li salveremo noi. Ecco, Corina, la loro risposta; ho offerto ad essi il mio braccio, e, se ora mi dicono di accettare, partiremo tosto che imbruni, daremo l'assalto alla prigione, e 'l Sole di domani li vedrà liberi.

VOCE DI DENTRO — Il castrato fuma.

ANTONELLO — Corina, leggi.

CORINA — *(Leggenda la lettera)* "Ringraziamo il buon cuore di Antonello, ma la nostra causa è cosí pura, che non possiamo contaminarla con associarci ai briganti. Essere salvati da loro ci sarebbe vergogna. Noi non temiamo la morte; la è necessaria per santificare la Calabria. Qui il patibolo si rizzò finora pei briganti, ora si rizza pei campioni d'Italia. Possa il nostro sangue accelerare il tempo che Borboni e briganti se ne vadano insieme!— Emilio Bandiera".

ANTONELLO — Corina, dammi di una pistola alle tempie. Oh me disgraziato! Alla fama di quei generosi io provai una febbre nell'anima che mi spinse ad uscire dal fango, in cui vivo; e stesi loro la mano perché mi aiutassero ad. alzarmene, ed ora mi vi respingono!

VOCE DI DENTRO. — Il castrato è cotto.

ANTONELLO — Abbattere questo governo, che si serve di noi, come di spugne, e ci spreme quando siamo pieni, purificarmi a fianco di quei grandi Signori, che vengono da sí lungi a certa morte per farci liberi, era il mio desiderio; ed ora...

VOCE DI DENTRO — Il castrato è cotto.

CORINA — Sta sano, Antonello mio; vado a pigliarne una buona satolla.

ANTONELLO — O Corina, tu non capisci nulla di queste cose. La loro lettera mi apre gli occhi, e tra noi ed essi mi mostra un abisso.

CORINA — Non valgono piú di noi. Noi rubiamo un castrato, ed eglino un regno. Sentiamo che ne pensi Sbarra. Lo sveglierò per lasciartelo in compagnia; e mentre voi due lamenterete il rifiuto dei Bandiera, io andrò a mangiarmi il castrato *(Si piega e grida all'orecchio di Sbarra:)* All'armi!

SBARRA — *(Balzando e sparando la pistola)* A voi, compagni!

CORINA — Ah! Ah! Ah! che colpo! e ad occhi chiusi! Sono stato ad un pelo di averne bruciato il cervello.

SCENA III

GIUSEPPE E DETTI

TUTTI — (*Impugnando l'armi*) Alto là!

GIUSEPPE — Ecco fo alto. Cerco a tre giorni la compagnia di Antonello, e nessuno me ne seppe dar lingua. Ora ho inteso qui un colpo, e son corso a questa volta: Siete voi?

SBARRA — Siamo noi.

GIUSEPPE — E 'l vostro capo?

ANTONELLO — Son io. Che vuoi?

GIUSEPPE — Gittarmi in bando. Ti sarò fedele come un cane; mi dirai: Baja! e bajerò, — Mordi! e morderò, — Straccia! e straccerò.

ANTONELLO — Buon uomo, sei evaso dalle prigioni?

GIUSEPPE — No.

ANTONELLO — Hai rubato?

GIUSEPPE — Neppure.

ANTONELLO — Commesso omicidio?

GIUSEPPE — Non ancora.

ANTONELLO — Ritirati, non fai per me.

GIUSEPPE — Come? la mia innocenza vi pare pericolosa? Sono uomo di tradirvi io? Guardatemi in viso.

ANTONELLO — Ritirati.

GIUSEPPE — Ma, signore...

CORINA — Ma, signore, dirò anch'io, chi non limò i cancelli della prigione ingannando il custode con la canzone dell'*Amato Bene*; chi non gridò mai al passeggiero: *O la borsa, o la vita!*; chi caricando la carabina non disse mai a se stesso: *Qui metto la morte d'un uomo*, non può aspirare all'onore di esserci compagno. Hai capito? Mi spiego meglio. Tu sei degli uomini volgarmente detti onesti, e noi vogliamo uno degli uomini volgarmente detti scellerati.

ANTONELLO — Odi, buon uomo. (*Odesi un fischio*) Don Peppe, guarda chi viene. — Al viso, alle vesti mostri che la miseria ti consiglia a gittarti alla strada. Ma torna al lavoro, prendi la borsa che ti gitto, e vattene. (*Entra Don Peppe, e gli consegna due lettere*). Corina, sii pronto a spedire la nostra posta. (*Legge*) "Mio rispettabile Antonello. Domani, io con la mia pattuglia, e 'l maresciallo con la sua colonna muoveremo per Santa Barbara. Sta dunque sull'avviso. Se verrà nuova forza da Cosenza nel mio paese, te ne darò l'annunzio, sparando una fucilata verso due ore di notte. Oggi è fin di mese, ed aspetto i vostri favori: il maresciallo è nel medesimo mio caso. Buone novelle. L'intendente è ben disposto. Se tu potessi mandargli quella bagattella, si farebbe assai. Chieggo un favore. Stasera parte di qui un mercantuolo, e terrà per Serralonga. Ha del castoro eccellente, e me ne bisogna un cappotto. E Corina come sta? Per i quindici giorni che alloggiò in mia casa a guarirsi di sua malattia, io non pretendo nulla; ma il medico compare Ciccio, e 'l farmacista compare Antonio vogliono pagati. Vi abbraccio coi compagni, e sono — Il Capo Urbano". — Corina, scrivete. (*Detta*) Signore, grazie delle notizie. Il porgitore vi darà dugento piastre per voi e pel maresciallo. Quanto all'Intendente, non ho altro compenso che di fare un sequestro, e lo farò. — Qua! (*firma la lettera*). Chiudete.

CORINA — Manca altro.

ANTONELLO — (*Con ira*) Che altro?

CORINA — L'olio all'insalata, il denaro. Quanto al mio debito con compare Ciccio, e con compare Antonio, penserò io, e pagherò volentieri; perché io povero bracciante avevo un desiderio pazzo di far le corna ad un galantuomo, e le ho già fatte al Capo Urbano. Standomi in sua casa, la figlia mi chiese un pianoforte. Le diedi il denaro, il pianoforte venne, ed a sonare glielo insegnai io. Pensa tu dunque a pagare gli altri.

ANTONELLO — E non ancora il sig. Bianco mandò i mille docati?

CORINA — No.

ANTONELLO — Scrivete. (*Apre la seconda lettera e legge e detta, e parla a se stesso insieme*) "Signor Bianco" — *Caro Antonello.* — Canchero ti venga! — "Se non mandi i mille docati ti manderò ben io...— *Ti mando la polvere e le trecento palle.* — Trecento palle che ti uccidano! — ai paesi bassi". Punto. "Son dodici anni che io non ti molesto". — *Ieri ebbi parole col Signor Rende. Ti prego a fargli trarre una fucilata per alcuno dei tuoi, che verrebbe a nascondersi in mia casa.* — Svergognata creatura! "Non credere che lo star chiuso ti valga. La stagione raffredda, e vo' gire a scaldarmi le mani nelle fiamme del tuo casino" — *Se ciò non ti piace, potrai mettere fuoco nella vigna e negli olivi di lui.* — Possa il fuoco bruciarti l'anima! — *Altro favore. Don Pietro ha un bel fucile, c' ha portato da Napoli, e dodici posate di argento. Per averle io, prego che gli vengano chieste da te con un biglietto. Ti abbraccio.* — Possa abbracciarti un serpente! — (*Volgendosi a Corina*) Hai finito?

CORINA — Sí.

ANTONELLO — Leggi.

CORINA — "Signor Bianco, canchero ti venga. Se non mandi mille docati, ti manderò ben io trecento palle che ti uccidano ai paesi bassi nel punto. Son dodici anni, ch'io non ti molesto, svergognata creatura. Non credere che lo star chiuso in paese ti valga: la stagione raffredda, e vo' gire a scaldarmi le mani nelle fiamme del tuo casino. Ti possa il suo fuoco bruciar l'anima, e ti abbracci un serpente".

ANTONELLO — Che strano guazzabuglio! Sbarra, di' al servo del Signore che mandò la polvere e le palle, che gli risponderò altra volta. (*Passeggiando*) Razza infame! Ei ricco, ei vestito dei miei furti uscirà in questo istante festeggiato in piazza! Parlerà contro me, ed i miei compagni, e poi ci alloggerà di notte! Il popolo dirà lui cittadino onesto, e noi briganti! A lui il frutto del nostro ardire, a noi il delitto! A lui una medaglia dal governo, a noi il patibolo! Eh vile! un tuo pari, che non mi ha offeso, che io non conosco, ti punge con parole, e tu vuoi che io te lo uccida? Ah! son pure un infame. E non avevo l'anima libera come il vento? E perché ora dovrò essere un pugnale senza pensiero nelle mani altrui? Per un po' di protezione: ecco tutto.

CORINA — (*A Giuseppe*) Buon uomo ritirati, ché il Cielo s'annuvola.

ANTONELLO — Poi... quell'onesto Capo Urbano, vuole, per avere un cappotto, ch'io dia addosso ad un mercatuolo..., ad un miserabile, che a stenti e forse dopo dieci anni ha messo su un povero botteghino... che ha forse moglie che lo aspetta guardando sulla via e temendo a vedere che imbruna,... che ha forse figli che pregano...; ed ecco che mentre tutto solo muove, mirando or la luna, ora i campi, mentre con la mano sotto il corpetto conta per la millesima volta il guadagnuzzo fatto alla fiera..., i miei compagni debbono saltargli sopra! Egli si difenderà, ma uno contro cinque cadrà lí sulla via, e vi resterà ad imputridire come un cane; ed una vedova ed un orfano malediranno Antonello. — O fratelli Bandiera, quanto invidio il vostro destino! Quanto faceste bene a respingere il mio ajuto, l'ajuto di un ladro, d'un brigante! E tu (*fermandosi innanzi a Giuseppe*), cui l'onestà è un fardello, tu ancora, disgraziato, sei qui? Vattene. (*Lo spinge per le braccia uscendo con lui*).

VOCE DI DENTRO — Il castrato è cotto.

CORINA — Ed io cotto di fame. Eccomi a voi (*Esce*).

SCENA IV

MARIA

O Dio, qual febbre! Le arterie mi squillano nell'orecchie, ed ho dentro una fornace. (*Coglie una pietra, e se l'appoggia alla faccia*). Che fresco soave è in questa pietra! Come piú soave e piú fresca dev'esser quella della tomba! O Giuseppe, perché fuggisti? Ti cerco a tre giorni, e sono stanca. Vorrei star quieta: quieta come quella nebbia che dorme sul fiume, quieta come l'erbuzza nata nelle cavità di quest'albero, senza sole, senza vento... cosí!

SCENA V

GIUSEPPE E DETTA

GIUSEPPE — Moglie mia, e come qui?

MARIA — Ah! (*cadendo fra le braccio di lui*).

GIUSEPPE — O Dio! tu vacilli.

MARIA — Vacillo si. Ho la febbre, ho la disperazione nell'anima; ora ti ho raggiunto, né potrai scapparmi. T'ho camminato dietro tre giorni, né sapevo che la terra fosse cosí grande. Ho traversato foreste, che non finivano. Agitate dal vento mi suonavano alle spalle, e parevano dirmi: Tu non ci ripasserai piú. Ed io non ci ripasserò piú: voglio la morte, e tu devi darmela.

GIUSEPPE — Né vuoi ancora levarti di capo cotesta pazzia?

MARIA — Non è pazzia. Ieri vidi in una fratta oscillare ai raggi del Sole una fronda, e guardandola mi pareva viva, mi pareva la tua faccia. Tremando mi appressai, e per struggere il tristo augurio, divorai quella fronda. Poi vidi in questa Sila branchi di vaccarelle che pascendo si voltavano a leccare la fronte dei loro vitelli, ed uno di essi mi parve il figlio nostro, il figlio nostro che ci hanno ucciso. E jeri ero pazza. Ma oggi le frondi non mi sembrano teste, né i vitelli bambini. Ho tutt'il mio senno e torno a ripeterti: Uccidimi.

GIUSEPPE — Non dir piú, Maria, cotesta brutta parola. Hai venti anni ed a vent'anni la morte è orribile.

MARIA — Ci ho pensato. Sai tu dove stanotte io abbia dormito? Sotto un albero. Mi rincalzai attorno le frondi cadute, e me ne feci un letto. Poi si mosse il vento, e le frondi fuggirono sibilando; e vedendole fuggire, mi sentii la vita fatta come un pannolino che si sfilacci, come una matassa di seta che si dipani lentamente. Poi chiusi gli occhi, e sognai di cadere da un dirupo, e mentre spaurita studiavo di abbrancarmi ai greppi, sentivo nascermi l'ali, e cadevo piano piano sulla cuna del nostro bambino, e con tanto piacere, ch'io chiedeva a me stessa: Or come caddi da sí alto, né mi son recata alcun male? Marito mio, cosí fatta è la morte: un cadere soavissimo.

GIUSEPPE — Maria, pensa tu a vivere, ed io penserò ad uccidere quel Brunetti, che fu cagione di morte al nostro bambino. Antonello mi ha respinto; ma io son risoluto a farmi brigante, e riuscirò. Avrai vendetta, te lo giuro, e terribile.

MARIA — E pensi a farti brigante lasciando tua moglie, nel paese, ad essere ludibrio dei giudici e dei gendarmi? Ah! il timore che punirebbero il marito nella moglie ti frenerà il braccio. E poi, mio povero Giuseppe, tu parli del figlio ucciso, e non della moglie disonorata. Posso io vivere dopo quanto è avvenuto? Dopo il trionfo infame d'un uomo, che non contento ad avermi avvilito, ha voluto che tutto il paese mi sputasse sul volto? Disonorata qual sono, non ho piú amici, non vicini, non congiunti.

GIUSEPPE — Hai me, Maria, me che ti amo, che ti adoro, che m'inginocchio ai tuoi piedi.

MARIA — Levati e taci: noi non possiamo piú amarci. Prima, ciascuno di noi voleva e poteva amare; ora vuole e non può. Tu cadendomi nelle braccia ricorderai il mio disonore; io abbracciando te, ricorderò lui.

GIUSEPPE — Chi lui?

MARIA — Brunetti.

GIUSEPPE — Per odiarlo?

MARIA — Chi te lo dice? La donna non odia mai chi a lei siasi unito una volta. Sarà un vile, sarà un tristo; e che monta? Lo spregerà, lo detesterà con la mente; ma qualche volta lo ricorderà, perdonandolo, col cuore.

GIUSEPPE — Oh l'inferno in cui son caduto!

MARIA — Ed io son forse nel paradiso? Questa mia impotenza ad odiare l'uomo che debbo e voglio odiare è il mio maggiore supplizio... Deh! non agitarti: rimedio ai nostri mali è la morte: dammela. Sai tu perché io non mi sia buttata da uno dei mille dirupi di questa Sila? Prima, perché, morendo a quel modo, mi sarei dannata l'anima;e poi, perché avrebbero tratto il mio freddo cadavere nel paese per essere sparato dai medici. Or io non voglio dove nacqui tornare né viva, né morta; non voglio che queste misere carni siano di piú vituperate. Vieni dunque, Giuseppe: ho scelto la mia fossa. È lí sotto un pino; s'han da fare pochi passi per giungervi. Vi ho dormito stanotte, vi dormirò per sempre.

GIUSEPPE — Maria, voglio baciarti.

MARIA — Baciami, e sparami. (*Giuseppe se la toglie in braccio ed esce. Si ode un colpo di pistola*).

SCENA VI

GIUSEPPE PALLIDO CON LA PISTOLA IN MANO. CORINA CHE LO INSEGUE; POI ANTONELLO DALL'ALTRA PARTE, E SBARRA

CORINA — Disgraziato, che hai fatto?

GIUSEPPE — (*Ad Antonello*) Mi hai respinto innocente, ora accoglimi reo: ho ucciso mia moglie.

ANTONELLO — Ed io ucciderò te, ribaldo maledetto.

GIUSEPPE — (*Arrestandogli il braccio*) Non m'uccidere… morrei dannato;… non debbo né posso morire, sai?... non pregio la vita io; uccisi mia moglie, uccisi me stesso. Tu non sai nulla, tu... ma ella è qui, nel cuore, e mi dice innocente... Odimi! ecco io ti parlo come un morto... muovo e muovo le labbra, ma... le parole non mi secondano... (*Sviene*).

ANTONELLO — Soccorretelo. Sbarra, che ne pensi?

SBARRA — Penso che con moglie a casa non può farsi il brigante, ed egli, volendo farlo, s'ha tolto un ostacolo,

CORINA — Ed impedito a me di mangiarmi il castrato. Bell'azione in vero uccidere la moglie! Ad ogni modo ne sento pietà. Guardate: è tutto molle di sudore.

ANTONELLO — Ma non è possibile che sia un ribaldo. Era innocente, e bramava farsi brigante! Amava la moglie, e l'ha uccisa! Debbo udirlo. Corina, sollevalo.

GIUSEPPE — Ah!

CORINA — Udisti? Ha detto Ah! Ora dirà Be', e starà bene. Orsú, amico; bello, ritto, allegro come asino che ha giú mandato il basto; ché ai tempi nostri il marito è l'asino, la moglie è il basto, e spesso altri vi monta sopra, e l'asino non se ne accorge.

GIUSEPPE — Ah!

CORINA — Ed ah! da capo? Di' Be'; sta cosí, e guarda Antonello, che già ti vuoi bene.

ANTONELLO — Fa cuore, buon uomo. Ti ho testé respinto, perché volevo che tu avessi seguito ad essere onesto; ed ora mi crucia il pensiero che forse il mio rifiuto ti abbia spinto a commettere un orribile delitto.

GIUSEPPE — No, Antonello. Con, o senza il tuo rifiuto, avrei sempre ucciso mia moglie. Maria volea morire, e, non uccidendola io, si sarebbe uccisa da sé. O Dio, accoglila nella tua misericordia! Ma la sua morte tra le mie braccia non è mille volte piú dolce di quella, che toccherà a me abbracciato dal boja?

ANTONELLO — Ma se l'amavi, perché l'hai uccisa?

GIUSEPPE — Udite. Io sono un povero bracciante senza altro che una casetta lasciatami da mia madre. Maria era figlia di un colono. Andai a lavorare per suo padre: io mieteva, ed ella mi stava alle spalle legando i mannelli delle spighe. La sera di quel giorno io la chiesi per sposa. È ancora piccola, mi disse il padre, voglio tempo quattr'anni. Per quattr'anni io andai la notte a coricarmele avanti la porta, e sentire l'alito di lei che dormiva; per quattro anni ci trovammo sempre uniti nei lavori dei campi, e non ci toccammo d'un dito. Dopo quattr'anni la condussi nel paese per sposarla. Il Sindaco, innanzi a cui ci presentammo, è ricchissimo; ed amico del giudice, ed amico dell'Intendente vi comanda a bacchetta, e si dice che possa spiccare i condannati dalla forca . Brunetti (ché questo è il nome del Sindaco)...

ANTONELLO — Corina, non è Brunetti il padrone di Don Peppe?

CORINA — Sí.

GIUSEPPE — Brunetti restò colpito dalla bellezza di mia moglie e le carezzò la gota. Ell'arrossí, io divenni pallido. Poi levatosi in piede mi chiamò a sé nella stanza contigua, e mi disse: Giuseppe, tu sei un bravo figliuolo, ma povero. Io intendo farti felice: ti comprerò un mulo, e diventerai mulattiere. Ti darò l'uso di quante terre vuoi nei miei fondi, e sarai ricco. O signore, risposi, tanta tua bontà è per me insolita; e che ho da fare per meritarla? — Nulla, fuorché concedermi tua moglie.

ANTONELLO — Oh! e te lo disse proprio cosí?

GIUSEPPE — Proprio cosí, come ora lo dico a voi.

ANTONELLO — E tu che rispondesti?

GIUSEPPE — Che potea rispondere? Prossimo ad essere felice, e temendo che tutto, anche il vol d'una mosca impedisse la mia felicità, fui timido, repressi lo sdegno, e risposi: O signore, ti pare ora questa di tenermi siffatti discorsi? Io sono un verme di terra, e tu grande e ricco: ne parleremo altra volta, ma ora la brigata mi aspetta. E cosí con una faccia da cadavere tornai tra gli amici, ed uscii dalla casa del Sindaco per condurmi alla mia. Il giorno appresso mi sentii pieno di felicità e di coraggio; e risoluto di mostrargli i denti, chiamato da Brunetti mi ricondussi da lui. Ieri tu scherzasti, gli dissi; non è possibile che tu buono, tu ricco, tu marito di bella signora napolitana voglia il mio disonore. Ah! io non possiedo un palmo di terra: unica mia dovizia è il letto maritale, e guai a chi lo tocca! Lo scellerato cangiò volto e tuono di voce, e rispose: Volli provarti, e scherzai. Giuseppe, mi piace che sii uomo onorato; ho stima di te, e se ti occorre nulla, le porte di mia casa non ti si chiuderanno mai.

SBARRA — O ipocrita!

CORINA — O vile!

GIUSEPPE — Sicuro di non essere insidiato ripresi i lavori dei campi; ma reduce una sera di sabato trovai Maria tutta cambiata. Lordo il viso, negletti i capelli, lacere, e vecchie le vesti. Oh! perché, mi disse, non posso divenire deforme? Io ti conterò tutto, Giuseppe; ma sii prudente: ho forza che basti a difendere il nostro onore. Brunetti m'insidia: i suoi guardiani mi seguono quando mi conduco alla fontana; ogni ora ricevo un messaggio; finanche due galantuomini, finanche due signore mi han parlato di Brunetti. Oh! io tremo tutta: e che uomo è costui, se le signore non arrossiscono di essergli mezzane? — Io mi vidi sopra un abisso, mi sentii spezzate le ginocchia, e fui vile. Non dovea di presente correre al Brunetti, e piantargli un pugnale sulla bocca dello stomaco? E nondimeno io corsi da lui, ma per buttarmegli ai piedi. Glieli abbracciai, glieli bagnai di lacrime, gli chiesi di rispettare il mio onore; perché io, vedete, amava mia moglie; e giú mi cadeano

le braccia al pensiero di poterla perdere con arrischiare la vita, o la libertà.

ANTONELLO — Infelice! E non si commosse a commiserazione?

GIUSEPPE — Si commosse a sdegno. Che diavolo, mi disse, sei venuto a contarmi? Tua moglie non mi è passata neppure per l'anticamera del cervello: sono gli oziosi che per pigliarsene spasso empiono ad entrambi voi di queste fole le orecchie. — Mi giovò credere di essermi ingannato ed uscii. — Uscito, entrai in una bettola, ed un guardiano di lui, che mi avea seguito senz'avvedermene, vi entrò assieme con me. Era colui un mio vecchio compagno di lavoro prima che stanco di maneggiare la zappa pigliasse il mestiero di guardiano. Non n'ebbi sospetto: mi offrí del vino, ed accettai. Mi lasciò a giocare con altri, ed uscí. Dopo un tratto, terminatosi il gioco, esco ancor io, e nel mettere il primo piede sulla via mi abbatto in un gendarme. — Che avete voi lí sotto? — Nulla. — Fatevi frugare. — Frugatemi. — Mi frugò nelle tasche, e ne cavò una pistola.

CORINA — Qualche cosa di simile avvenne pure a me. Anche uno di codesti malvagissimi, che col nome di guardiani tengon mano a tutte le nequizie dei nostri galantuomini, m'insinuò nelle tasche un pugnale; ma io me ne avvidi, e gli feci d'un pugno volare tre denti di bocca. Tu non te ne accorgesti, e fosti menato in prigione.

GIUSEPPE — Sí, fui menato in prigione. Mia moglie che già portava nel seno il frutto dell'amor nostro, fu a vedermi. Cademmo l'uno in braccio dell'altro, e stemmo tutto quel giorno a piangere. Giuseppe, mi disse il carceriere, implora la protezione di Brunetti: è persona intesa, e tale che con un rigo di lettera spicca altrui dalla forca. Gli porsi ascolto, e mandai per Brunetti. Il tuo caso, mi disse, è disperato. Non solo ti trovi in colpa per quella maledetta pistola, ma sei pure, il che è peggio, attendibile.— Che vuol dire attendibile? — Vuol dire vivo-morto, vuol dire che la polizia ti numera i passi. — Ma che male ho io fatto? — Te lo dirò sotto suggello. Il giudice, ch'è mio amico, mi ha mostrato un ufficio dell'Intendente, nel quale si dice che tu sii un uomo del quindici marzo, di quelli insomma che allora tentarono di abbattere il legittimo governo . — Queste parole mi furono un fulmine: caddi a terra stracciandomi i capelli, e gridando: Sono innocente. — Lo so che sei innocente, ripigliò Brunetti, ma Dio solo ed io possiamo farti giustizia. — Fammela dunque, gli dissi, fammela questa giustizia, signore. Ei sorrise sotto sotto, e soggiunse: Per avere giustizia da me, occorrono due cose, o denaro, o... E disse una parolaccia, che vergogno di ripetere .

ANTONELLO — O Bandiera, Bandiera! Voi venivate a darci la costituzione; ma qual pro ne avremmo cavato? Per guarire le piaghe di questa infelice Calabria si richiede ben altro. Si richiede un migliaio di forche per paese, si richiede che i nostri molini macinino tre mesi con ruote animate non dall'acqua, ma da sangue umano, si richiede che delle case dei prepotenti non resti neppure la cenere, si richiede che la mannaia cominci dall'Intendente, dal Procuratore del Re, e dal Sindaco, e finisca al portiere, all'usciere, al serviente comunale. Ah! se foste nati in questi luoghi, voi, fratelli Bandiera, sareste stati briganti. Giuseppe, continua: bisogna che le tue parole mi avvelenino l'anima di rabbia, perché io non mi vergogni di essere brigante.

GIUSEPPE — Dopo dieci giorni fui tramutato nelle prigioni di Cosenza. Partendo dissi a mia moglie: Tu troverai un Brunetti in ogni avvocato; restati in casa, né mai ti cada in pensiero di venire a visitarmi colà. —Indi a pochi dí ebbi una sua lettera. Mi diceva: Badati! Alcuni tuoi compagni di prigione son pagati per ucciderti! — Oh qual divenne allora la mia vita! Di giorno, soffersi ingiurie e percosse, io che sentiva le dita diventarmi coltella; di notte non seppi mai che fosse sonno, io che sospettava di tutti, io che ad occhi chiusi avrei inteso camminare anche l'ombre, io che temeva, se mi fossi risentito, o di prolungare la mia prigionia, o di morire in rissa, senza potermi vendicare di Brunetti. Temeva di veleno, ed io fingendo di lavorare manichi di coltello comprava le ossa avanzate ai cani e disperse per la città. Le frangevo, le bollivo, e per tre mesi non ebbi altro cibo e bevanda.

TUTTI — Ah!

GIUSEPPE — Quant'anni mi date voi?

SBARRA — Quaranta.

GIUSEPPE — Ne ho ventotto. Dopo tre mesi fui libero. Perché fui libero? Non lo so. Noi altri poveri siamo pecore: ci legano, ci sciolgono, ci chiudono, ci levano dall'ovile, senza dirci il perché. M'intesi l'ali a piedi; rividi le campagne, gli alberi da me piantati e fatti grandi durante la mia prigionia, le colline e 'l fiume del mio paese, e l'aspetto della luce e del cielo mi cangiò d'un tratto il cuore. Mi sentii buono, e rassegnato; obbliai Brunetti, e gli perdonai, e dissi: Mio Dio, il mondo è grande, ed io con mia moglie troverò altrove la pace, che nel mio paese ho perduto.

ANTONELLO — Giuseppe, porgimi la mano.

GIUSEPPE — Sí, te la porgo, ed ho bisogno che tu me la stringa, e forte, perché io non cada, né perda la ragione. — Oh! al ripensarvi io vacillo, un velo di sangue mi benda gli occhi, e se mille vipere mi mordessero, io non morrei, perché ho piú veleno di mille vipere. Due giorni innanzi Maria mi avea renduto padre. Stanca dal parto, vinta dalla febbre era sola in casa, quando egli... spinge l'uscio... si appressa al letto, sveglia la giacente... (deh! comprimetemi la testa!)... e la disonora.

CORINA} — E non diede un grido? e le vicine non corsero

SBARRA}— alle sue grida?

GIUSEPPE — Siete di Calabria, e mi fate queste dimande? Nei nostri paeselli chi ha nemico un galantuomo ha nemico tutto il paese; perde amici e vicini; è un cane arrabbiato, da cui ognuno si scosta.

ANTONELLO — O Bandiera, Bandiera! se foste nati in questi luoghi, sareste stati briganti.

GIUSEPPE — Infame fu l'offesa, piú infame l'insulto. Sapete voi la canzone che comincia:

Mò che il cannello si è messo alla botte?

E quella disonesta, ingiuriosa canzone i guardiani di lui le cantarono innanzi l'uscio. Al nuovo giorno tornò in sé: trovossi allato il figlio soffocato sotto le coltri, scese lentamente dal letto, pestò un vetro della finestra, e lo inghiottí. La sera di quel giorno io entrava in casa, volava al mio letto, e mi trovai tra due cadaveri.

CORINA — Chi oserebbe chiamar noi scellerati?

SBARRA — Giuseppe, mi vuoi vendere la tua vendetta?

GIUSEPPE — Mercé mille cure si riebbe. E quando poté aprir bocca, mi disse: Perché non mi hai trovato morta? Perché vuoi che io viva? Io non so come, avvenisse, miei buoni amici, ma mi sentivo una calma profonda nell'animo. Egli disonorò mia moglie, fu causa che morisse mio figlio, calpestò qual verme me uomo, me libero, me figlio dello stesso Dio? Buono! misura per misura. A vendicarmi pienamente mi risolvetti a divenire brigante. Ne parlai a lei, ed approvò; ma, Giuseppe, mi disse, uccidimi prima; senza me, tu sarai piú libero ed ardito; e poi unico bene che mi rimanga è la morte. — Fuggii da lei atterrito. Ella mi cerca tre giorni e tre notti... mi raggiunge qui dianzi, e rinnova pianti, e preghiere. La vidi debole, inferma, infelice; amore e pietà, rabbia di vendetta e gelosia mi travolsero l'intelletto, e la uccisi.

ANTONELLO — Giuseppe, questi pini che oggi intesero le tue sventure, domani all'ora stessa saranno testimoni della tua vendetta.

GIUSEPPE — Lo giuri?

ANTONELLO — Lo giuro per la santa luce del Sole; lo giuro per quel Dio, c'ha creato il Sole. — Corina, Sbarra, cercatemi Don Peppe.

SCENA VII

GIUSEPPE SOLO

Ed ora mi vendicherò. Ma sarò piú felice? Potrò udire la tua voce, o Maria, che mi dica: Son contenta per avermi vendicata? L'anima tua si aggira ancora in questi boschi, e mi vede: perché non ti mostri? O mio mare di gioia, o nave di mia povera vita, io ti ho perduto, ed ancora non ho versato una lacrima. Farò quanto mi dicesti: ti seppellirò sotto l'albero, vicino al ruscello, e ti comporrò le mani a croce, come solevi tenerle, quando stavi ad udirmi... (*Singhiozza*) a udirmi; perché tu colomba senza fele eri contenta del tuo povero marito, che uscendo di casa, ti avea, benché lontana, sotto gli occhi del cuore. (*Si copre il capo col mantello, cade a terra, e piange*).

ATTO II

(L'azione segue in paese presso Cosenza. Camera ben mobigliata. A destra alcova con letto, a sinistra una guardaroba, di fronte una finestra, nel mezzo un tavolino con sopra un candeliere, e sedie attorno. È notte).

SCENA I

ROSA E DON PEPPE

ROSA — Ma se ti dico che non può essere.

DON PEPPE — Un'altra parola.

ROSA — Ne ho assai. Va, bello mio: ho da fare il letto alla padrona, e qui non s'entra.

DON PEPPE — Bene! (*si strappa un capello e lo spezza in due*). E noi ci uniremo, quando tornerà ad unirsi questo capello: guarda! Ed ancora, o Don Peppe, non ti è altri che fidanzata! Che vorrà essere quando ti sarà moglie?

ROSA — Chiedi a Rosa tua cose giuste, e porrò la mano nel fuoco; ma intromettere i briganti?... E che credi che io sia?

DON PEPPE — Un angelo di cera; il demonio son io. Dunque sta sana.

ROSA — Iddio t'accompagni.

DON PEPPE — Però ricordati di avermi respinto come un cencio, senza udire le mie ragioni.

ROSA — E che ragioni puoi dirmi?

DON PEPPE — Ecco. Noi dobbiamo sposarci a mezzo agosto, e tu, che santa sia, non hai niente, ed io neppure. Siamo due legni morti, che non possono far fuoco. Poi avendo questa bell'aquila di moglie, ti pare mò che io possa seguire a fare il pecoraio, e ritirarmi in casa a goderci ogni quindici giorni? Vo' farmi mulattiere. — Non ricordi la canzone: *Io non voglio il ferraro che mi tinge, Ma voglio il mulattiere che mi stringe?* Ed io ti stringerò, Rosa mia, tra le braccia come una soma di bambagia.

ROSA — Come sei scipito!

DON PEPPE — Bene! quando ne sarà tempo mostrerò se avrò sale. A me dunque bisogna un mulo: puoi dar melo tu?

ROSA — Non ho piú che venti docati, ed i padroni non mi hanno promesso altro che il letto ed i panni.

DON PEPPE — E se non puoi darmelo tu, perché ti opponi che me lo diano gli altri? Ove ti piacesse d'introdurre qui i briganti, domani Antonello mi conterebbe su questa palma di mano cento, duecento, trecento piastre sonanti e ballanti. Capisci?

ROSA — E torni alla medesima canzone?

DON PEPPE — Se te ne sdegni cosí, n'intonerò un'altra. Vediamo se ti piace. — Sai tu Sbarra? Quell'uomo è un uomo, visino mio bello, e stamane mi ha detto: Se non riesci d'introdurci in casa Brunetti, prima di tornare in campagna, confessati. — Rosa, Rosa, mettiti nei miei panni.

Gliene diedi parola, e se io non manterrò la mia, egli manterrà la sua. Ora il tuo rifiuto mi dà la morte, perché io ad ogni modo ho da tornare ai boschi, e, quando meno me lo penso, mi sentirò qui sulla fronte una cosa calda, che certo non sarà un tuo bacio.

SCENA II

BRUNETTI E DETTI

BRUNETTI — Ed ancora qui, mariuolo? Te' (*gli tira un calcio*). Mi avete assassinato. Trenta castrati! È impossibile che Antonello e compagni si abbiano divorato trenta castrati. Ma io castrerò te, castrerò il mandriano, castrerò tutti voi, ladri cresciuti per le forche. E questa è la gratitudine che mi devi per averti promesso Rosina? Guarda, Rosina mia, che ceffo di brigante ha costui. Ma già, da cotesta gentaglia è stoltezza sperare gratitudine. — *Villano,* dicea il mio maestro, vuol dire *villus ani,* cioè pelo di preterito; e te' un altro calcio al preterito. Ma domani ci rifaremo i conti. Già n'ho scritto al giudice, e si saprà se vi avete venduti i castrati, dicendo a me di averseli presi i briganti. E guai se la cosa è come io penso! Me la pagherete salata: non vi mancheranno venti anni di ferri. E tu, Rosina, non dolertene: ti darò io un marito migliore (*Esce*).

DON PEPPE — Se torno in campagna, Sbarra mi uccide; se resto in paese, il padrone mi dà vent'anni di ferri. Andiamo.

ROSA — Dove si va? Vuoi farmi ammattire stasera?

DON PEPPE — Che preme a te dove vada? Mi ami tu forse? Credi ch'io veggia con gli occhi di dietro? Rosina!… Come s'inzuccherava la bocca a dire (*contraffacendo la voce di Brunetti*) Rosina... Rosina mia! Io ti chiamo Rosa, ed egli Rosina; perché? Oh sarei gonzo a non capirlo! Tu ami lui, ed egli te, e 'l matrimonio del povero Don Peppe si vuole per coperchio alle vostre tresche.

ROSA — Ah! sei un infame a dire cosí.

DON PEPPE — E come? Mi vedi battere, né ti muovi? Mi si prende a calci al tuo cospetto, e tu stai a guardare il tuo fidanzato buttato a terra, senz'aprir bocca? E dovrò credere che mi ami? Che tu mi voglia bene, quando mi vedi messo tra Sbarra e la prigione, tra un colpo di moschetto e venti anni di ferri, e non ti risenti? Ah! se tu introducessi i briganti, Sbarra sarebbe contento, io ricco, né il padrone parlerebbe piú di castrati.

ROSA — Ma, o Dio! potrò permettere che mi uccidano il padrone?

DON PEPPE — Sciocca! Verranno ad aprirgli non la pancia, ma la borsa.

ROSA — E alla signora?

DON PEPPE — Neppur torto un capello.

ROSA — E al padroncino?

DON PEPPE — Ma tu hai mangiato loglio stasera? Non vuoi capire che si vuol denaro, non sangue? Quel bestione ha rubato tanto; che male ci è che sia rubato a sua volta?

ROSA — Sta bene! ma dove li nasconderò tutti?

DON PEPPE — Non saranno tutti, ma due; gli altri resteranno fuori. L'uno lí, sotto il letto; l'altro qui, nella guardaroba. Grazie, Rosa. Tu mi salvi; vado a chiamarli *(Esce)*.

SCENA III

ROSA, POI SBARRA E CORINA

ROSA — Cielo! che ho mai promesso a quell'uomo? Tradire i miei padroni, io che mangio il loro pane, io che tanto sono amata dalla Signora...? E se li conducono con loro... e se gli uccidono... e se scovresi che io ci abbia avuto mano? A che mi hai spinto, o Don Peppe! Ma sono a tempo a chiudere la. porta della scala. *(Corre verso la scena, e si abbatte in Sbarra, che le mette una mano alla bocca, un'altra alla vita)*Ah!

SBARRA — Fanciulla mia, ascoltami bene. È tardi; potevi impedirne di salire, ma non ora di restare. Se gridi, non giovi ai tuoi padroni: salveresti a loro il denaro, non già la vita; e noi vogliamo quello, e non questa. Se gridi, non nuoci a noi, che abbiamo i compagni laggiú sotto la finestra; ma nuoci al tuo fidanzato, che con la sua vita pagherà il tuo tradimento. Dunque silenzio, prudenza, e sollecitudine *(Ritira le mani)*. Ho detto io; ora dite voi.

ROSA — *(Pallida ed immobile accenna il letto, e la guardaroba: Corina si nasconde sotto dell'uno, Sbarra si chiude nell'altra)*.

SCENA IV

ROSA IMMOBILE TUTTAVIA, E LA SIGNORA

SIGNORA — Rosa.

ROSA. — Ah! *(corre e le bacia la mano)*.

SIGNORA — Mi vedi partire per la mia Napoli, che mi baci la mano? Ma che significa ciò? Tremi a verga, ed hai le carni di marmo. Via di', che t'è seguíto?

ROSA — Nulla.

SIGNORA — Ho compreso. Mi vedi afflitta, e ti affliggi; ed io, che forestiera in questo miserabile paesello ho bisogno di amore, ti so grado assai di quello, che senti per me.

ROSA — O padrona, non dirmi queste parole cosí. Io, vedi, son cattiva; prima sí, io ti amava, ma ora... *(piange)*.

SIGNORA — Ma ora non piú. Non è questo che vuoi dire? Ma ciò è giusto: prossima a maritarti, è naturale che ami unicamente il tuo fidanzato.

ROSA — Io amar lui? Ah! padrona, se tu sapessi...! Ma ecco, ti confesserò tutto. *(Sbarra picchia dentro la guardaroba)*.

SIGNORA — Onde quel rumore?

ROSA — *(Aprendo e chiudendo prestamente)* Un grosso topo, un brutto topo ha mosso qualche cosa, padrona.

SIGNORA — Stasera non è stato qui Don Peppe? Hai certo avuto alcun contrasto con lui, e di qui il tuo turbamento. Ma rasserenati: vi appacerò io. Ora scendi in cucina, e mandami il ragazzo. *(Siede. Rosa le tira sotto i piedi uno sgabello; poi resta immobile a guardarla)* Né ancora ti muovi?

ROSA — Deh! non mandarmi via; permettimi di non lasciarti stasera.

SIGNORA — Oh quante fanciullaggini! Obbedisci *(Rosa esce)*.

SCENA V

LA SIGNORA, POI LUIGINO

SIGNORA — Cosí anch'io era un tempo. Lampi di sdegno e di amore, estasi lunghe di gioia e smanie di gelosia, proponimenti di odio e di vendetta, e poscia amaro pentimento di aver potuto per un istante pensare all'odio e alla vendetta. Oh! il regno della donna dura quanto l'amoreggiamento, e le pratiche del matrimonio. Io possedetti questo effimero regno, e allora mi vidi l'uomo, ch'or marito mi sprezza, genuflesso ai piedi come ai gradini d'un trono, attendere la mia parola come una grazia, il mio sorriso come un giorno di vita; ed io per esercitare il mio impero, godea di fingere sdegno per vederlo chiedermi per dono, ed accordarglielo. Ma ora l'Imene mi ha rapito dalla fronte la corona depostavi dall'Amore, ed io, sola con Dio e col mio figliuolo, vivo come straniera nella mia propria casa. O Napoli! maledetto quel giorno, che tiabbandonai per sposare un calabrese.

LUIGINO — Mamma, buona sera.

SIGNORA — Buona sera, amor mio. Qua, qua, appresso al cuore. Hai cenato?

LUIGINO — Sí, mamma; ed ora vorrei andarmene a letto.

SIGNORA — Tra poco, signor poltrone; però stanotte non ti permetterò d'abbracciarmi il collo.

LUIGINO E perché?

SIGNORA — Chiedi il perché al tuo cuore, e vedi che ti dica.

LUIGINO — Il cuore non mi dice niente.

SIGNORA — Dirottelo io. Stamattina, cattivello che sei, rubasti una fettuccina a Rosa.

LUIGINO — Niente vero. Che mai dite?

SIGNORA — Bugiardo! dà qua la mano. Vedi queste macchiette bianche sulle tue unghie? Oggi eran quattro, e stasera son cinque, perché la menzogna, che dianzi hai detto, è venuta a posarsi qui.

LUIGINO — Mamma, voi pure avete le macchiette.

SCENA VI

ROSA E DETTI

ROSA — Signora, vostro marito vi vuole a tavola.

SIGNORA — Fate le mie scuse: non sento appetito. *(Richiamandola)* Rosa, riponete la mia cena, e la darete domattina alla povera cieca, che abita di costa a noi. *(Rosa esce)* E cosí? È vero, o no che rubasti la fettuccia?

LUIGINO — No, te lo giuro.

SIGNORA — Da male in peggio. Dopo la menzogna lo spergiuro!

LUIGINO — Ma finalmente era un'inezia, e m'occorreva per legare il mio uccello.

SIGNORA — Capisco fosse un'inezia; ma perché non chiederla con garbo a lei, o a me? Chiedere non è vergogna; vergogna e colpa è rubare.

LUIGINO — Bene! be'! Domani concerò io la signora Rosina. La non doveva dirvi nulla.

SIGNORA — E nulla mi ha detto. Ma credi tu che mi corra mestieri di lei per chiarirmi dei tuoi mancamenti? Eh! No: vi è una farfalletta mia comare, che volandoti attorno ti spia ogni passo, e poi la sera mi conta tutto.

LUIGINO — Conti pure. Dimani darò nel giardino la caccia a tutte le farfalle, e tra le buone spero che dia dentro cotesta trista, che sciupa il tempo a spiarmi.

SIGNORA — Per ucciderla poi? Odi, Luigino: io non ti vorrò piú bene, se segui ad essere d'indole cosí cattiva. Non conviene far male ad alcuno, neppure ad un uccello, neppure ad una farfalla, che sono creature di Dio, come sei tu.

LUIGINO — Mamma, ho torto; perdonami. Quind'innanzi non guasterò neppure i fiorellini dell'orto.

SIGNORA — E per questo to' un bacio. Or vieni, e dormi *(sorge e lo adagia nel letto dell'alcova).* L'Angelo Custode ti favelli nei sogni, e un'ala protettrice ti dispieghi sul viso.

SCENA VII

LA SIGNORA, POI BRUNETTI

SIGNORA — Che monta che mio marito non m'ami? Non per questo ho il cuore vuoto. Anche amandomi lui, gli preferirei sempre mio figlio. Oh gioia! io ricamo l'anima sua con nobili pensieri, come ricamo questo velo con seta preziosa

BRUNETTI *(Entra con pipa in bocca, e siede senza far motto. La Signora segue il ricamo senza levare gli occhi. Dopo un momento di silenzio:)* Avevi i bachi, che stasera non volesti da cena?

SIGNORA — Non sentivo appetito.

BRUNETTI — Eh! domani l'appetito te lo caccerò io in corpo. Non son sí gonzo che non capisca. Tu digiuni pei Bandiera; la frenesia delle signore Cosentine si è appiccata anche a te; ma se domani, come si dice, i Bandiera avranno la festa, farò tale banchetto, che ne giungerà l'odore alle auguste nari del nostro Sovrano Ferdinando II. E tu desinerai con me; e se neghi, mi sento sai? di denunciarti qual testa riscaldata. Oh che giorno sarà domani in Cosenza! Muoro di voglia di trovarmici.

SIGNORA — Ah!

BRUNETTI — Ten duole, che sospiri? Io l'attacco a Dio, e a tutti i Santi, che non mi vollero nato in San Giovanni in Fiore. Se fossi io stato in quel paese, gli avrei presi io quei birbanti, né mi sarebbe mancata una pensione, ed una croce di cavaliere.

SIGNORA — Dormi, o mio figlio. Le preghiere della tua genitrice hanno impedito a tuo padre di lasciarti un'insegna d'infamia, ed un'eredità di sangue.

BRUNETTI — Insegna d'infamia? Tu deliri, sciagurata. Insegna d'infamia, quando si serve il governo, il legittimo sovrano, e la società intera? Insegna d'infamia, quando si combattono ladri, che col pretesto di fondare la libertà, e l'unità di Italia venivano qui a rapire le mie pecore e le mie vacche?

SIGNORA — Mi faresti ridere, se ne avessi io voglia. Le mie pecore, e le mie vacche! Eh! quegl'infelici aveano addosso tanti tesori da ricomprarti mille volte con tutte le pecore e le vacche. Ma tu non comprendi quel che dici.

BRUNETTI — E sempre la stessa canzone: Tu non comprendi quel che dici! Avrei dovuto sposarmi una villana e non te, ch'educata, come ti glorii, nei Miracoli mi hai pigliato troppa baldanza addosso. Sí, tu leggi, tu scrivi, tu suoni, tu balli, tu sai il tedesco, tu sai il francese; io sono un asino, un ciuco, una bestia, ma non ti sono marito? Or bene, con tutta la tua filosofia accendimi la pipa.

SIGNORA — *(Chiamando)* Rosa!

BRUNETTI — Per Sant'Antonio, che tu, e non Rosa devi accendermi la pipa.

SIGNORA — Rosa!

BRUNETTI — Rosa non verrà, perché tu sempre le hai raccomandato di evitarmi. Ma or tu la chiami, e vo' chiamarla anch'io. Rosina! Rosina! Lascia che venga, mia cara moglie, ti darò gusto: me l'abballotterò alla tua presenza, sai? me la farò sedere sulle ginocchia, e se contrasta, tu, tu stessa dovrai persuaderla a star salda.

SIGNORA — *(Riempie la pipa e gliela porge).*

BRUNETTI — Ah! tu temi che io dica da senno, e vuoi abbonirmi? Grazie! ma la guardia che le fai è inutile. Nel mio elenco son notate 99 pecorelle smarrite, e a ridurre il numero a rotondità manca Rosa. Non fare occhiacci, anima mia. Son tuo marito, son tuo padrone: tu obbedienza e mosca. In casa di mio padre la moglie dev'essermi serva e mezzana; e se mi scappa sai? se sbombardo, dovrai dirmi: Buon pro' ti faccia! Signora salamona, ti gusta il partito? Se no... (accendi meglio la pipa)... fa a gusto tuo, ed io farò a gusto mio. Insomma Rosa deve appartenermi. Si è cresciuta dunque indarno in mia casa?

SIGNORA — Quanto sei brutale!

BRUNETTI — *(Dandole in viso una boccata di fumo, ed eccitandole la tosse)* Ah! il mio fumo ti sveglia dunque l'isterismo? Buono. Pure io ho nervi, pure io soffro l'isterismo, e chi me l'eccita è appunto Rosina. Ah! se tu sei una filosofessa sensitiva, non è ragione ch'io sia un filosofo sensitivo? Ma vo' vedere se sia anche tale il nostro marmocchio.

SIGNORA — O Brunetti, per amor del cielo, non svegliarlo in sussulto col puzzo di quel fumo. Non vedi che dorme?

BRUNETTI — L'ho da svegliare per educarlo, ed istruirlo. A me sa male vederlo succhiare da te massime perniciose. Tu me lo metti per male vie, signora moglie. All'età sua io era un santo diavolo; bestemmiavo come un militare, menavo le braccia a cerchio, a chi calci, a chi pugna. E mi son fatto temere fanciullo, e mi fo temere uomo. Invece, a quel tuo ninnolo di cera manca l'ingegno, il sentimento, la grazia. Del resto, non è figlio a me.

SIGNORA — È vero; è nato da me sola.

BRUNETTI — Mi è simile forse? Ma ora che il suo visino è tenero lo rimpasterò sul mio modello. Ai cuccioli, stirandole, allungo le orecchie, e a quel cagnuolo battezzato torcerò la bocca, ora il naso, ora il mento, e a poco a poco lo foggerò a mia similitudine. Sarà, vedi bene, una seconda edizione corretta e migliorata dall'autore. L'orso lecca il suo orsacchino, e lo conforma alla sua figura, ed io sono una specie di orso.

SIGNORA — Crudele! tu lo batti per farmi dispetto.

BRUNETTI — Sí, per farti dispetto. Orsú dunque. Luigino!

SIGNORA — Oh per amor del cielo non essere cosí spietato. Mettiti me sotto i piedi, ma non torcere un capello a quell'Angelo. Se mancò in nulla, hai tempo a batterlo domani.

BRUNETTI — Accetto... (accendimi la pipa)... accetto la condizione, e ciò ti provi che son piú docile di te. Però ti avverto di non assicurarti altra volta di disporre della tua cena. Vuoi onorarmi a desco? Sii la benvenuta; ma quando non ti presenti, ciò che ti tocca è mio, e piacemi darlo ai cani.

SIGNORA — Parmi che i ciechi e gli storpi siano preferibili ai cani.

BRUNETTI — E con coteste massime vuoi allevare mio figlio? Bravo! Dio fa ciechi, sordi, paralitici, e poi ho da pensare io a correggere gli errori e le ingiustizie di lui?

SIGNORA — Non bestemmiare. Dio ha creato quei poveri, perché, sapendo di far ricco te, volea darti occasione di beneficarli.

BRUNETTI — Quanto sei sciocca! Altro non sbolgetti che spropositi, e questi son tanti che le mille volte mi son provato a sommarli e l'operazione mi venne corta.

SIGNORA — Signor Brunetti, potrò sommarteli io. (Sorge). Il mio primo sproposito fu di avere abbassato lo sguardo su tale, che vilmente nato, e vilmente cresciuto era venuto in fortuna con usure e rapine. Il secondo di avere creduto alle parole d'un miserabile, a cui piú dei miei occhi faceano gola i miei brillanti. Il terzo di essermi maritata ad un libertino, ed il quarto...

BRUNETTI — (Dandole sul viso) Fu di avere buscato uno schiaffo a furia di eruttare spropositi. Ti sa buono, eh? Pettegola del diavolo, la vuoi fare finita?

SIGNORA — Tu che vedi la pazienza, e le lacrime d'una debole donna, Cielo, fammi giustizia.

SCENA VIII

CORINA, SBARRA E DETTI

SIGNORA — Ah! *(a Corina che rapidamente l'imbavaglia, e fugge con lei nelle stanze a sinistra).*

SBARRA — Signor Brunetti, buona sera.

BRUNETTI — Ah! Ah! Ah!

SBARRA — Zitto. Ti ho appuntata la pistola all'orecchio, e se dici un ette, ti volerà il cervello.

BRUNETTI — Miei cari amici, che volete?

SBARRA — Parla men forte.

BRUNETTI — Denari? Subito; è giusto, voi siete poveretti, e ognuno ha dritto a vivere. Ma la cameriera ha la chiave dello scrigno; permettete che la chiami.

SBARRA — Perderemo tempo a contarli.

BRUNETTI — Rimedieremo meglio. Vi darò biglietti di banco, quel che vi piace; ma, per amor del Cielo, non mi scannate. Ho moglie giovine, bella, virtuosa; un figlio poi, ch'è un angelo, e voi fareste due infelici, una vedova ed un orfano; e Dio ci è.

SBARRA — Queste cose le direte al capo della compagnia, non a me.

BRUNETTI — E chi è il vostro capo?

SBARRA — Antonello.

BRUNETTI — Antonello? Davvero Antonello? Ah! noi siamo tanto buoni amici con Antonello. Antonello è il fiore dei galantuomini. Sedete: voglio raccontarvi mille belle cose di quell'uomo.

SBARRA — Sbrigati. Antonello medesimo ti vuole nel bosco.

BRUNETTI — È impossibile. E poi nel bosco? Mio Dio! Lí si dice che Antonello scortichi i vivi, e mangi sopra i morti.

SBARRA — E di che temi? *(Contraffacendone la voce).* Oh! noi siamo tanto buoni amici con Antonello; Antonello è il fiore dei galantuomini.

BRUNETTI — Ma senti.

SBARRA — Via.

BRUNETTI — Vengo sí; di te non dubito, tu hai cera da galantuomo.

SBARRA — Mi offendi a dir cosí.

BRUNETTI — Ma beviamo prima un bicchierotto di vino.

SBARRA — Sono a stomaco digiuno.

BRUNETTI — Bah! chiamerò la cameriera, che ci porti una fetta di prosciutto.

SBARRA — Ma dunque vuoi davvero che ti bruci le cervella?

BRUNETTI — Ma senti. Io vi offro tutto il mio denaro; a voi par poco, e mi volete nel bosco, perché mia moglie ve ne mandi piú. Ma mia moglie è donna, né troverà chi glielo presti. Perché non facciamo cosí? Pigliatevi lei, pigliatevi mio figlio, ed io resterò. Ed io restando vi manderò anche un milione, se mi date tempo.

SBARRA — *(A Corina ch'entra)* Facesti?

CORINA — Sí.

SBARRA — Vedi se la scala sia pronta sotto la finestra.

CORINA — È pronta.

SBARRA — A quel che udimmo, la moglie dovrà avere poca voglia di riscattare il marito. È buono che si prenda il ragazzo.

LUIGINO — *(Svegliandosi)* Mamma! Mamma! il diavolo.

BRUNETTI — Oh me infelice! *(Scendono tutti dalla finestra)*.

SCENA IX

ROSA — *(Entra precipitosamente, apre la guardaroba, spia sotto il letto, poi grida)*. Son fuggiti! Mi hanno ingannata! Fuggiti coi padroni! Travi e mura di questa casa, cadetemi sopra. O sventura! O faccia mia svergognata! Ah, Don Peppe, ah che mi hai fatto!

SCENA X

DON PEPPE — *(Entrando)* Ti ho fatto ricca, s'hai giudizio.

ROSA — Ricca d'infamia. Vorrei essere uomo per cavarti gli occhi.

DON PEPPE — Ed io femmina per abbracciarti.

ROSA — Scesi nel cortile ad affacciarmi dall'uscio, e far gente; tre briganti mi afferrano, e tu mi lasci nelle loro mani.

DON PEPPE — Vi era anch'io.

ROSA — Ma, oh Dio! il tempo passa. E la padrona? Come oserò sostenerne lo sguardo? Forse prega, forse dorme, ignora certo i suoi mali. Bisogna chiamarla: è madre, e salverà il figlio *(Entra a sinistra)*.

DON PEPPE — *(Rimasto solo)* "*Villano* vuol dire *pelo di preterito:* te' un calcio al preterito". Così mi dicesti in questo luogo, Signor Brunetti: or la pulce si vendicò del leone.

ROSA — *(Rientrando)* Oh non ci fossimo nati mai tutti e due! La padrona è morta, giace a terra strangolata *(Si affaccia alla finestra)* Gente! Gente! Ajuto! Abbiamo i briganti in casa.

DON PEPPE — Vo' secondarti anch'io a gridare. Gente! Gente! Ajuto! Ajuto! I briganti! *(Spara una pistola)*.

SIGNORA — *(Ha le braccia legate, e fasciata la bocca. Dà pochi passi e cade)* Ah!

ROSA — Cielo! mi son dunque ingannata? Va, Don Peppe, in cucina, e tieni l'occhio alla casa. Padrona mia! padrona mia! *(La scioglie)*.

SCENA XI

IL MARESCIALLO, IL CAPOCIVICO, GENDARMI E DETTI

MARESCIALLO — Per bacco! il campo è ingombro, e al primo passo eccoti un cadavere.

CAPOCIVICO — Che orrore! che barbarie! Io già dormiva, perché noi andiamo a letto coi polli, quando mia moglie, che ha un sonno piú leggiero del mio, spaventata al sordo rumore del quartiere mi dié d'un gomito al fianco. Diamine! poteva risvegliarmi piú tosto? Avrei voluto trovarmici io qui: sarebbe stata una festa.

SIGNORA — *(Balzando in piedi e correndo verso le scene)* Luigino! Figlio mio!

MARESCIALLO — *(Frenandola)* Signora.

SIGNORA — O figlio! figlio mio! Datemi il figlio mio.

MARESCIALLO — Signora, fermatevi: è un'imprudenza la vostra.

SIGNORA — Chi mi parla d'imprudenza? Datemi il passo, per amor del Cielo: non mi costringete a spezzarmi il capo contro quel muro. Che ho perduto? Il mio palazzo? I miei poderi? La mia vita? Ho perduto un figlio, l'anima dell'anima mia.

ROSA — Oh maledetto il giorno ch'io nacqui!

MARESCIALLO — Ma inseguire i briganti è affare di uomini: tranquillatevi, Signora, ricordate che siete donna.

SIGNORA — In quest'istante son madre, son leone. Via, datemi il passo, non vi opponete alla mia disperazione; voglio raggiungere i rapitori di mio figlio.

MARESCIALLO — Ma, signora, voi non siete una donnetta volgare; avete senno da vendere: sentite dunque ciò ch'io vi dico. Se i briganti voleano sangue, chi impediva loro di versarlo? Vogliono denaro, capitelo bene, vogliono denaro, e non altro. Non tardate a mandarlo, e rivedrete sani e salvi il marito ed il figlio. Come può passarvi per capo di avventurarvi dietro a loro, femmina, sola, ed ignara dei luoghi? Se fosse giorno, meno male; ma di notte, perdonate la parola, è follia. In questo punto l'operare tocca a noi, e noi opreremo, siatene certa.

CAPOCIVICO — Cosí è, Signora. Giusto è il vostr'affanno; ma la soverchia passione vi mette una benda agli occhi. Lasciate fare a noi, che siamo a sangue freddo.

SIGNORA — E sia: mi abbandono alle vostre mani, ed ai vostri consigli. Ciascuno di voi ha figliuoli; salvatemi il mio.

CAPOCIVICO — Non ne dubitate. Cotesti briganti sono un'accozzaglia di vili. Antonello è leone tra le tenebre, ma coniglio di giorno. Bisogna però dire ch'egli serva il diavolo. Piú volte gli ho fatto fuoco addosso, e sempre, vedi caso! la. palla gli ha bucato il cappello. Un dito piú giú, e sarebbe morto.

MARESCIALLO — Misura sbagliata, caro Capocivico. Io sempre ti ho detto: accresci il piombo e scema la polvere. Poi per imbroccare giusto, bisogna mirare un pollice o due al piú sul punto disegnato; perché il projettile descrive una parabola, ed il colpo cade sempre due dita piú basso.

SIGNORA — Dio! Dio mio! tu solo potrai salvarmi il figlio. *(Lanciandosi al letto dell'alcova)* Angelo custode, tu mi hai tradito. E non lo avevo affidato a te? collocato sotto le ali tue? Legata, e svenuta io giaceva lí dentro quando intesi il suo grido *Mamma! Mamma!* e... O signori, per amor del cielo, fatemi uscire.

MARESCIALLO — E da capo? Noi siamo a concertare il modo di dar la caccia ai briganti, e i vostri lamenti inopportuni ci rompono il filo dell'idee. Capocivico, a che eravamo?

SCENA XII

CORO DI POPOLANE E DETTI

1. DONNA — Che sciagura, signorina mia!

2. DONNA — Signorina, datti coraggio: ché Sant'Antonio ci farà la grazia.

MARESCIALLO — Sant'Antonio fa la grazia ai porci. Signora, fate uscire coteste pettegole.

3. DONNA- Noi non siamo pettegole; ma vicine affezionate di questa grande Signora, e venimmo a consolarla. — Dunque senti, signora mia. Questa mortificazione che ti ha mandato il Signore, io già me l'aveva sognata; perché l'altra notte mi parve che io ti portassi uva bianca, e lino, e l'uva bianca sono lacrime, e il lino travagli. —Fattosi giorno, fui a confessarmi, e lo dissi a Padre Antonio, e Padre Antonio, che io non son degna di nominare, mi rispose sospirando: Qualche grande dispiacere sovrasta alla signora perché anche io l'ho sognata genuflessa e piangente innanzi al ciborio dell'altare. Dunque sai che ti dico, signorina mia? Domani fa cominciare una settena alla Madonna Addolorata, e la Madonna ti farà la grazia.

I. DONNA — Faremo pure una processione di dodici verginelle per tutte le Chiese, e Dio toccherà il cuore dei briganti.

MARESCIALLO — Per toccare il cuore dei briganti è mestieri o di piombo, o di argento. Signora, non perdere tempo. Ciò che devi spendere ai monaci, che faranno la settena alla Madonna, è meglio lo mandi ai briganti. Quanto alla processione, questa buona donna parla di dodici verginelle, e bisogna farle venire dalla luna; perché in questo paese quel caro signor Brunetti non ce ne ha lasciato una sola. Perdona se dico questo; è una debolezza la sua; né con ricordarla intendo ingiuriare vostro marito, ottimo galantuomo, e dei miei amici il migliore. Torno dunque a ripetervi: manda denaro in un battibaleno, e prima che i briganti, per salvarsi dall'armi nostre, escano dal territorio.

SIGNORA — Rosa, chiama Don Peppe. *(Rosa esce)* Che somma credete che io debba mandare?

MARESCIALLO — Un tre, o quattro mila ducati basterebbero, ma mandati in una volta, ed in argento, acciocché la quantità simultanea, e 'l lampo di tante monete gli sbalordisca.

CAPOCIVICO — Giusta. Però ricordi la signora che i briganti vogliono scialare. Pregiutti, salami, latticini, pacchi di sigari, frutta, vino, rosolii, e confetture son cose indispensabili.

SIGNORA — Don Peppe, seguimi. *(La signora entra a sinistra; gli altri restano sulla scena, per la quale si vede passare e ripassare Don Peppe con varii fardelli).*

MARESCIALLO — Che ardire!

CAPOCIVICO — Antonello diviene piú pericoloso ogni giorno.

I. DONNA- Ha' visto, comare mia? L'orciulo va tanto all'acqua, finché si rompe. Brunetti ha finalmente trovato la scarpa pel suo piede. Non te ne far gabbo, comare mia; ma io ci ho gusto.

MARESCIALLO — Bisogna misurare l'altezza della finestra, onde scapparono i briganti, per farne cenno nella relazione da mandarsi all'Intendente.

CAPOCIVICO — La finestra sarà alta un quindici palmi.

2. DONNA- Ed io pure ci ho gusto; ma mi sa male di quel povero ragazzo.

1. DONNA- Di qual povero ragazzo intendi dire? La vipera genera la vipera; e quegli fatto adulto sarebbe divenuto peggiore del padre.

MARESCIALLO — Quanta roba! Don Peppe ha che portare sulle spalle.

CAPOCIVICO — Ci è ben altro che questo. Brunetti è un ricco sordo.

3. DONNA- Quanta ricchezza va ai briganti! Diceano bene gli antichi: Quello che si nega a Dio si è poi costretto di darlo al Diavolo. E la roba va da ladro a ladrone.

1. DONNA — Non dir cosí, comare mia, ché è peccato. La signorina quant'elemosine non fa a noi poverelle!

2. DONNA- Elemosine un corno. Qualche cencio vecchio, ed un pugno di fave crudeli.

SCENA XIII

LA SIGNORA E DETTI

SIGNORA — Signor Maresciallo, ho seguito il vostro consiglio. Ora ditemi che intendete voi fare.

MARESCIALLO — Partire sull'istante quatti quatti, pigliare i diverticoli, occupare tutti gli sbocchi del bosco, e avviluppare i briganti entro una rete di bajonette sarebbe l'avviso che dovrei seguire in qualità di militare; ma cosí operando io esporrei a certa morte il marito e 'l figlio vostro, essendo stile dei briganti di uccidere i sequestrati, quando non possono condurseli appresso. Ma io sono amico del signor Brunetti, rispetto voi infinitamente, o Signora, e però li terrò d'occhio, li pedinerò senza assalirli, ma impaurendoli e molestandoli in modo, che si contentino del primo denaro, che manderete loro, e si levino d'attorno al piú presto possibile l'impaccio dei due sequestrati.

SIGNORA — Sta bene, e vi ringrazio.

MARESCIALLO — Non c'è di che: faccio il mio dovere. Intanto, se me lo permettete, tradurrò in arresto la vostra cameriera. Debbo stendere il mio processo verbale, ed udire le sue dichiarazioni. Ragazza, a noi.

ROSA — Signori, l'uscio di questa casa suole chiudersi al tardi: io era qui facendo il letto quando fui sorpresa da due briganti. Mi minacciarono della morte dei padroni se avessi messo un grido; mi assicurarono di volere unicamente denaro, ed io mi tacqui.

CAPOCIVICO — Scellerata! e perché non gridasti, né corresti da me? Porto dunque quest'armi per pompa io?

ROSA — La mia padrona era lí nelle stanze di fronte: sarebbe corsa alle mie grida, ed i briganti l'avrebbero uccisa. E nondimeno mi risolvetti a dirle tutto, ma il brigante nascosto lí nella guardaroba vi picchiò con le nocche delle dita per ricordarmi le sue minacce.

MARESCIALLO — Ma, figlia mia benedetta, tu potevi uscir fuori alla strada: perché no 'l facesti?

ROSA — Lo tentai, Signore. Pensai di lasciarmi cadere dalle finestre, ma sotto a ciascuna stava di guardia un brigante. Confusa ed atterrita scesi al cortile, ma tre di quei ribaldi mi posero le mani addosso, né mi lasciarono muovere se non quando credettero che i due nascosti fossero già evasi.

MARESCIALLO — Tu menti.

CAPOCIVICO — Tu sei una sgualdrina. A due ore di notte... mentre la guardia faceva la ronda pel paese, introdursi nell'abitato una compagnia di briganti, è impossibile. Maresciallo, che si traduca in arresto: bisogna provare la sua intelligenza coi briganti per nostro discarico.

ROSA — Io son pronta a seguirvi. Anche non essendo rea, amo di esserlo, amo di parerlo, amo di esser punita, perché la mia pena calmi il giusto sdegno, cui la mia padrona deve avere per me disgraziata.

1. DONNA- Eh! Rosa, perché piangi? Non temere; la verità galleggia come l'olio, e dopo tre giorni uscirai dal carcere.

MARESCIALLO — Bacia la mano alla tua padrona, e buonasera a tutti.

ROSA — Oh no! questo è impossibile. Sembro rea, forse son rea: come oserò baciare la mano che mi ha beneficato?

SIGNORA — Signori, vi commova la mia desolazione, e lasciatemi la cameriera.

MARESCIALLO — Vi resti pure, e piacemi darvi questo conforto. Buona notte dunque, e voi gendarmi, tenetevi presti per la diana *(Escono)*.

LE DONNE — Buona notte, Signorina, e datevi pace. Il Signore penserà a tutto; noi domani faremo la processione delle dodici verginelle *(Escono)*.

SCENA XIV

SIGNORA — Rosa!

ROSA — *(Cadendole ai piedi)* Ah! mi perdoni?

SIGNORA — Come negarti di far grazia, quando io l'aspetto dal Cielo?

ATTO III

(L'azione segue, come nel primo atto, nel bosco di Macchiasacra).

SCENA I

BRUNETTI LEGATO IN MEZZO A DUE BRIGANTI. SBARRA, CORINA, E POI DON PEPPE

CORINA — Allegramente, Signor Brunetti. Qui siete in casa vostra: potete fare ciò che meglio vi garba, cantare, fischiare, vegliare, dormire, tutto insomma fuorché muovervi. Se vi muovete, i due angioli custodi, che vi stanno ai fianchi, vi faranno fuoco.

BRUNETTI — Questi due bravi giovani fanno una guardia inutile: io non ho nessuna voglia di fuggire; amo restare tra voi, finché vi piace, acquistarmi la vostr'amicizia, pagarvi l'incomodo che vi siete preso di venire a casa mia, e ritirarmi. Altro non desidero sul momento che vedere Antonello,

CORINA — Antonello, e già tel dissi, fin da jer sera si è diviso da noi, ed oggi lo aspettiamo.

BRUNETTI — E dove andò?

CORINA — In Cosenza.

BRUNETTI — In Cosenza?

CORINA — Sí, in Cosenza: che vi trovi di strano? A tua moglie dicevi che desideravi anche tu di trovarti colà per goderti la morte dei Bandiera, che si buccinava dovesse seguire stamane. Antonello sentí il tuo medesimo desiderio, e si condusse in Cosenza.

BRUNETTI — Oh mio Dio! a che pericolo si è messo! Antonello è il fiore dei galantuomini, e temo assai per la sua vita.

CORINA — Bah! la sua vita è piú sicura della tua. Ei si straveste, cangia gli abiti briganteschi con quelli del galantuomo, ed a fianco del suo avvocato entra nel caffè, e prende il gelato; nelle chiese, e sente messa; nel teatro, ed applaude alla prima donna; e se qualche curioso chiede: Chi è costui?, l'avvocato risponde: È un mio cliente dei Casali; né le domande vanno piú in là.

BRUNETTI — Ah! dev'esser onesto molto, e molto fedele cotesto avvocato?

CORINA — È un galantuomo della tua risma, signor Brunetti; con questo però che tu apri la mano, ed egli la stringe, tu versi il denaro a noi, e noi lo versiamo a lui.

BRUNETTI — Ciò si capisce; ed io pure vorrei mettermi in corrispondenza con voi, e prestarvi i medesimi servigi. Liberatemi, e siate certi che la mia protezione vi servirà in piú d'una cosa.

CORINA — Di ciò parleremo un'altra volta. Per ora, vedi bene, metà del tuo denaro dev'andare nelle mani dell'avvocato e di parecchi altri amici; e la tua signora pare che non abbia troppa voglia di mandarlo.

BRUNETTI — Povera moglie! che volete che faccia una donna? Io sono asciutto, io vivacchio, e Dio lo sa; ed ella, per raggranellare la piú piccola somma, deve picchiare a piú d'un uscio. La vostr'impazienza è giusta; ma fate una cosa, tenetevi pegno mio figlio, e liberate me, e vi giuro che un'ora dopo avrete il denaro.

SBARRA — Il denaro è venuto. Ecco Don Peppe con un mulo carico a questa volta.

DON PEPPE — Buon giorno, e ben trovati. Padrone, vi bacio la mano: come state?

BRUNETTI — Oh! abbracciami, Don Peppe. Tu sempre mi fosti servo fedele ed affezionato. Or vedi a che termini mi trovi? Tu conosci questi signori, e puoi ben dir loro quanto io sia povero, e che non meritavo questo tiro. Ajutami, mio buono ed amoroso Don Peppe, e come sarò libero avrò sempre a mente quanto hai fatto e sei per fare per me. E mia moglie come se la passa? A me non pesa il mio stato, ma il suo. Piange, n'è vero? Ah! noi fummo sempre due anime in un nòcciolo! Quella è un angelo..

DON PEPPE — Ella ti saluta, e s'ha spiccato insino agli orecchini per riscattarti. Signori, a chi debbo consegnare la roba, perché mi sciogliate il padrone?

SBARRA — A me. Assente Antonello, fo' io da capo.

DON PEPPE — Vuotate dunque quel cestone. Vi sono caciocavalli, e salami, vini forestieri, rosolii e confetture. In quell'altro troverete un desinare per tutti voi.

CORINA — Bravo! Quante cose! Che belle cose! Che fumo! Che odore! E questa che diamin è?

BRUNETTI — È una croccante.

CORINA — Una croccante! Ed ho quarant'anni, né ancora avevo inteso questa parola; sicché, se non mi facevo brigante m'era forza morire da bestia, ignorando che fosse una croccante. E quest'altra?

BRUNETTI — Spuma di patate.

CORINA — Delle patate proprio, che cavansi di sotterra?

BRUNETTI — Di quelle proprio.

CORINA — Di quelle, ch'io mille volte ho piantato, lessato, mangiato co' miei porci?

BRUNETTI — Né piú, né meno.

CORINA — Ma che di particolare avete voi altri ricchi fatto a quel caro Cristo, perché serbate a voi soli siano queste vivande cosí squisite? E li dentro che avete, Don Peppe?

DON PEPPE — Abiti e biancherie che la padrona manda al padrone, ed al padroncino.

CORINA — Vediamo. A garbo questa berrettina! Signor Brunetti, fatene venir dodici della stessa fatta per me ed i compagni.

BRUNETTI — È impossibile.

CORINA — O perché

BRUNETTI — Perché non si trovano a comprare presso i mercanti. Cotesta è lavoro di Erminia!

CORINA — Chi è cotesta Erminia?

BRUNETTI — Mia moglie.

CORINA — Don Peppe, di' ad Erminia che ci lavori dodici berrette. — Questa per ora resta a me. Quel soprabito voglio pure indossarlo io: *(se lo mette)* mi piace farla da galantuomo, e schiacciare una dormita sotto un pino con un soprabito di segovia addosso. E queste camicie come son fine! Miei cari compagni, le cedo tutte a voi; e voi date le vostre di ginestra al signor Brunetti. È giusto ch'egli conosca come le vi pungano le carni. E quel panierino?

DON PEPPE — È del padroncino.

CORINA — Vediamo che ha dentro.

SBARRA — Lascialo, Corina. Quell'innocente creatura deve ricevere intatto il regalo di sua madre. Il denaro, Don Peppe, il denaro dov'è?

DON PEPPE — In questo sacchetto. Son quattromila docati: contateli.

BRUNETTI — Ma donde diavolo mia moglie ha scovato questa somma? Io non avea tre soldi in dieci casse; e Dio sa che pasticci di obbligazioni c'ha dovuto contrarre. O amici miei, non potete immaginarvi quanto sia melensa. Quattromila docati son la vita di un uomo, son tutto il mio asse; e che mi cale della libertà, se quindi innanzi sarò costretto a vivere d'accatto?

SBARRA — Compagni, di questi quattromila docati, due spettano ad Antonello, mille e cinquecento a noi, e cinquecento agli amici. Quando vi è allegrezza per noi, bisogna che scialino tutti. Prendi e va *(ad un brigante)*: ogni contadino, che incontri, abbia un ducato. Corina, a te questa borsa.

CORINA — A me? E che bisogno ho io di denaro? Don Peppe, Don Peppe, pensasti pel tuo povero Corina? Gli procacciasti le pollastre?

Son nato piccolino e innamorato:

Una ne amai, né la potetti avere.

Io dalla pena ne caddi ammalato,

Ella lo seppe, e vennemi a vedere.

Dentro la bocca mi portò un granato,

E due pomi nel sen ch'era un piacere,

E mi disse: Rinfrescati, o malato,

E morire di amor deh! non volere.

Ma io voglio morire. Don Peppe, dove sono i granati? Dove sono i pomi? Ecco io son ricco; ma ho da salarmela questa borsa, se non ho pomi e granati? *(Don Peppe esce)* Bravo! con promettergli sempre due palle in fronte, io ottengo da Don Peppe tutto ciò che desidero. Ora vedrai, signor Brunetti, un grazioso spettacolo. Anche noi poveri briganti abbiamo i nostri spassi.

BRUNETTI — Vedrò quel tu vuoi; ma levami d'un dubbio. Ieri, quando foste alla mia mandra, quanti castrati vi pigliaste?

CORINA — Uno.

BRUNETTI — Ecco! quello che io appunto pensavo. E il mariuolo mi parlava di trenta! Va bene, Don Peppe: vi sarà tempo a rifare i conti.

SCENA II

DON PEPPE. CORO DI DONNE E DETTI

CORINA — O paradiso! Grazie, Don Peppe. Volate, o colombe; cantate, o quaglie; saltabellate, o astute volpicelle. So che il collo mi deve essere cinto da una fune, ma che men cale, se pria mel cigne un bel braccio di donna? So che una palla ha da colpirmi il cuore; ma ciò che monta, se pria mi verrà meno sopra un cuore di donna? O signor Brunetti, oggi è festa per me. Andate, voi dite a queste donne, voi siete meretrici! Andate, soggiungete a noi, voi siete briganti. E ci sputate sul viso, e ci fate piú vili del fango; ma la gioia esiste per tutto, anche nel fango, anche tra i vermi; e il brigante e la meretrice piglian il mondo in barzelletta, e si beffano del prete, del galantuomo e del birro, che sono le tre cose che io non ho potuto capire alla mia vita. O facce di sangue e latte, avvicinatevi! O begli occhi di vipere, trafiggetemi! O tumide labbra saporose piú del moscato, inebbriatemi! Ma questi pini son bestie; non dovrebbero coprirsi di fiori? Ma questa terra non ne capisce straccio; non dovrebbe, scambio di pietre, cavarsi dal grembo materasse di lana? Almeno, o uccelli, cantate voi. Oh! che fate, ladroncelle? Non cacciatemi le mani nelle tasche: vi darò altro che fazzoletti. Quante dita hai tu? Dieci? E ti darò dieci anella. E tu mostrami i denti. Quanti ne hai? Trentadue? E ti darò trentadue piastre. Ma no! A te trenta; a te ne mancan due di fagioli: chi diamine te li levò? Ma, io voglio le cose ammodo. Mi è venuta una fantasia. Di', Don Peppe, sai tu il nostro gioco calabrese del pastore e del lupo?

DON PEPPE — Sicuro.

CORINA — Tenetevi dunque, o ragazze, con le mani in cerchio, e tu postati innanzi a loro.

DON PEPPE — Questo non farò io: nello stato in cui si trova il padrone com'avrò cuore di trastullarmi?

BRUNETTI — Te lo permetto, fa pure; ma bada coteste pecore in gonnella meglio che non festi i miei castrati.

CORINA — Orsú, dunque. "Mi viene un odore di ricotta e di cacio bacato. Chi è là quell'uccellaccio?".

DON PEPPE — "Sono un pecoraro. E tu chi sei, che ronzi attorno alle mie pecorelle?".

CORINA — "Sono zio Nicola, che mi tolgo la prima volta stamattina dal letto, dopo un mese di terzana".

DON PEPPE — "Ah! tu sei il lupo? Di chi vai in cerca?".

CORINA — "Di mamma".

DON PEPPE — "Màmmata, caro ze' Nicola, non è tra le mie pecore".

CORINA — "Ah! e ne sei sicuro?".

DON PEPPE — "Sicurissimo".

CORINA — "E come sono le tue pecore, perché io, per lo chinino preso, ho gli occhi abbacinati?".

DON PEPPE — "Queste qui han lana caprona, e bigia".

CORINA — "S'è cosí, ti sei apposto, perché la mia mammina ha vello cosí bianco che pare neve! E quell'altre?".

DON PEPPE — "Queste altre han lana piú fine della seta".

CORINA — "S'è cosí, ti sei apposto per la seconda volta: la mia mamma non ebbe mai tanto pregio. Ma dimmi ancora un po': sono grasse?".

DON PEPPE — "Sfido io a trovarle magre".

CORINA — "Per la Madonna! Se son grasse, tra loro certo è mamma".

DON PEPPE — "Va lungi, birbo; e voi, pecorelle, giratemi sempre alle spalle". *(Corina s'allancia, Don Peppe gli contrasta, finché il lupo prende una pecora).*

LA DONNA — Beeee.

CORINA — "Zitto, bella mia, agnellina mia dolce. Non è tempo ancora di gridare Beeeè: io ti mangerò senza farti male". *(Ricomincia il gioco)* "Buon dí, pecorajo. Sai ch'io mi sia?".

DON PEPPE — "Buon dí. So che sei zio Nicola".

CORINA — "Mi dicono che i pecorai s'intendano di medicina".

DON PEPPE — È vero.

> Conosciamo la ruta,
>
> Che sette mali stuta;
>
> Conosciamo la menta,
>
> Che le fatture annienta;
>
> Ed il petrosellino,
>
> Che giova all'uomo fatto, ed al bambino.

CORINA — "E non è questa la mia medicina".

DON PEPPE — "E che sarebbe?".

CORINA — "Non odi come sono arrocato? Ho un'angina, ed abbisogno d'un po' di lana delle tue pecorelle per fasciarmene il collo".

DON PEPPE — "Tò la lana, e fatti con Dio".

CORINA — "Pazienza ancora. Non vedi in me, medico, null'altra magagna?".

DON PEPPE — "La zoppaggine".

CORINA — "Ci ha' dato; e mo' sei medico buono. Ma sai perché io zoppichi?".

DON PEPPE. — "No".

CORINA — "Te lo dirò io: per un'apostema. E mi ci hanno consigliato un bagnuolo di latte".

DON PEPPE — "E tieni; questo è il latte: ma ora fàtti con Dio; ché m'ha' rotto la devozione".

CORINA — "Povero me! questo latte non fa effetto. Eccellenza pecoraio mio, bisogna che il latte zampilli, e che io stenda l'anca sotto le poppe delle tue pecore, e ch'esse me lo facciano grondar su caldo caldo, e a poco a poco".

DON PEPPE — "Spùtane la voglia, birbante di Zio Nicola; e voi, pecorelle, giratemi dietro alle spalle". (*Corina si avventa, Don Peppe contrasta, il lupo ruba un'altra pecora*).

LA DONNA — "Beeee".

CORINA — "Zitto, bella mia, agnellina mia di zucchero. Non è tempo ancora di gridare Beeee: io ti mangerò senza farti male".

SCENA III

ANTONELLO CON UN VELO NERO AL CAPPELLO, E DETTI

ANTONELLO — Per la croce di Dio, che vuol dire cotesto baccano? E tu, Corina, non vuoi ancora farla finita con questo chiamarti che fai attorno le meretrici dei nostri villaggi? Te l'ho già detto, e te lo ridico: la donna è la foriera del boia.

I BANDITI — Il nero! Il capitano ha il nero al cappello!

ANTONELLO — Ho il nero nel cappello, il rosso negli occhi, il giallo del veleno nel cuore. Sbarra, dammi la destra. Corina, porgimi la sinistra. (*Le solleva, e le scuote fortemente*) Morí Cristo, e fu gran tremuoto; e stamane si sono uccisi nove Cristi, e nessun tremuoto ha spaccato le montagne, ed i paesi nostri. Corina! Sbarra! ci hanno fucilato i Bandiera.

TUTTI — Ahi!

ANTONELLO — Io mi son messo il bruno al cappello, e lo porto anche a voi. (*Gitta a terra dei veli: i briganti si abbrunano, e restano in silenzio. Antonello prosegue*) Nove uomini si muovono per salvarne qui cinquecento mila; e cinquecento mila non alzano un dito per salvar quei nove! Vergogna a noi calabresi! E voi, giudici infami, a quest'ora sedete a fianco delle mogli, mangiate, bevete, ridete, e non sentite un rimorso? O giustizia, giustizia, dove sei tu? Ma voglio pure una volta essere giudice io: un esempio di quella giustizia che mancò finora alla Calabria, e che dovrà purificarla, intendo darlo io; io ladro, io brigante, io assassino. Ov'è Brunetti?

BRUNETTI — Son qui, Eccellenza, ai vostri piedi, Eccellenza, un infelice, un miserabile, Eccellenza, che vi ama, che vi stima, che si crede felice di trovarsi in vostro potere, Eccellenza.

ANTONELLO — La tua famiglia ha mandato il denaro?

SBARRA — Quattro mila ducati.

BRUNETTI — Eccellenza...

ANTONELLO — Gli avete divisi ai compagni?

SBARRA — Sí.

BRUNETTI — Eccellenza...

ANTONELLO — Corina, se replicherà Eccellenza, piantagli due palle in fronte. E Giuseppe ebbe la sua parte?

SBARRA — Va giú e su pel bosco, e mi è sfuggito due volte.

ANTONELLO — Ma sa...?

SBARRA — Sa tutto.

ANTONELLO — Dàgli una voce *(Sbarra esce da un lato, Corina con le donne dall'altro).*

SBARRA — *(Entrando)* Tradimento! Gendarmi e guardie civiche accerchiano il bosco. Udite? *(S'odono due colpi di fucile).*

BRIGANTI — Tradimento!

ANTONELLO — Chi grida di paura al mio fianco? Compagni, seguitemi; e voi, se non vi riesce di custodire colui *(accennando Brunetti),* fategli la festa *(Escono tutti).*

SCENA IV

CORINA CON GLI ABITI IN DISORDINE, APPOGGIATO ALLE DUE DONNE

CORINA — Animo, mie pecorelle. Né piú prima, ne piú dopo! In ogni cosa mia il diavolo ficca la coda. Siamo certo assaliti. *(Si odono vari colpi, e varie grida di* alto là, *e di* chi vive?) Ricciutella, baciami in fronte. Ammaliatrice, baciami sul cuore. Ora nessuna palla potrà colpirmi nel capo, e nel petto. Oh la bella vita! confondere l'amore col sangue, uccidere d'una mano il gendarme, e brancicare dell'altra le carni stagionate d'una donna, ricevere ad un tempo una palla nel cuore, ed un bacio sulla bocca.

1. DONNA — A me dammi la pistola.

CORINA — Bravo! Io so che a sgrillettarla sei mastra; pòstati qui, e imbercia bene.

2. DONNA — Ah! se mi trovassi una scure. Ma dammi il pugnale, e sii certo che farò la parte mia.

CORINA — Eccolo; e tò pure le cartucce. Smòzzicale, e porgile secondo che io scarico. Pòstati qui. Attente! Odo venir gente.

SCENA V

ANTONELLO, IL MARESCIALLO, IL CAPOCIVICO E DETTI

MARESCIALLO — Ah! Ah! corpo di Bacco! E dopo tante prove di amicizia potete dubitare di noi? Bisogna dire che i tuoi compagni abbiano paura.

ANTONELLO — Paura no, prudenza; e per darvene una prova anch'io, vi prego a deporre le armi.

MARESCIALLO — Sospettoso! e tu perché le ritieni?

ANTONELLO — Sono in casa mia, e rispetto le leggi dell'ospitalità. E cosí, che avete a dirmi?

MARESCIALLO — Può udirne alcuno?

ANTONELLO — Corina, ritirati coi tuoi amori (*Corina e le donne vanno via*).

MARESCIALLO — Parlerò dunque. Antonello, noi tutti amici tuoi siamo a rischio di vita, e tu solo puoi salvarci.

ANTONELLO — E come?

MARESCIALLO — Dopo uccisi i Bandiera, il governo vuol farla finita coi briganti, confondere i due sangui, e dare ad intendere alle potenze d'Europa che gli uni e gli altri erano la medesima cosa. Insomma, si vuol pacificare la provincia; un commissario regio con alti poteri è venuto da Napoli; e questi fittosi in capo che gli ufficiali civili e militari siano di balla coi briganti, diffida di noi, dell'Intendente, di tutti, e ci troviamo sopra un abisso.

ANTONELLO — Cadeteci. Ci avevate a pensar prima.

MARESCIALLO — E ti sta bene parlare cosí, quando quell'abisso ci è stato aperto dall'amicizia per te?

ANTONELLO — Dite meglio dal mio denaro. Vi può essere amicizia tra noi? Io son certo che voi non amate me, perché sento che io non amo voi.

MARESCIALLO — Ma perdio! cotesto parlare c'insulta, e m'è forza ricordarmi di tutta la mia amicizia per te, perché io vi passi sopra, e ti perdoni questo momento di malumore.

ANTONELLO — Perdonar me? Da senno, signor Maresciallo? A me occorre il perdono di Dio, quello degli uomini no 'l curo, il tuo lo disprezzo. Io combatto il governo, tu lo tradisci: chi è piú vile di noi? Io rubo per vivere, tu vivi per farmi rubare: chi è piú ladro di noi?

MARESCIALLO — Capocivico, battiamo la ritirata.

CAPOCIVICO — Ma, perché pigliate fuoco cosí subito? Disse bene chi somigliò le parole alle ciriegge, che l'una si tira dietro l'altra. Antonello stima te, tu stimi lui, e nondimeno siete per venire alle brutte, perché tu (Maresciallo mio, perdonami) non sai spiegarti. Calmati un po', mio buon Antonello, e rispondimi schietto. Ti piace la vitaccia che fai?

ANTONELLO — No.

CAPOCIVICO — Ti piace di essere ribandito, e tornartene a casa tua, amato, e rispettato da tutti?

ANTONELLO — Sicuro.

CAPOCIVICO — Ricòmprati dunque il capo con quello dei tuoi compagni, e confessando al governo di esserti disposto a far ciò, grazie ai nostri consigli, salverai te e noi ad un tratto.

ANTONELLO — O vile, sí male adunque tu conosci Antonello? Io porre i compagni in mano al carnefice come mandria di agnelli? Andate. Sprezzo l'arti dei traditori. Sono stanco infine, e vergognoso per giunta di riconoscere dall'oro, che vi profondo, la mia tranquillità. Faccia ognuno il suo dovere. Il mio si è quello di difendere la mia, e la vita dei compagni; e la difenderò finché in questa Sila resti in piedi un sol pino. Il vostro è di darmi la caccia, e datela. Io stesso ve la chiedo: cosí e voi vi scolperete col governo né io sarò piú l'ignobile stromento delle vendette e dell'avidità vostra.

MARESCIALLO — Ma fermo là, per amor del cielo; non tirare piú a scaglia, e rovescia il mortaio. Tu hai frainteso il Capocivico, o mio bravo, o mio caro Antonello. E chi ti consiglia a tradire i compagni? Presèntati solamente con loro in mano nostra; dànne quest'onore, e cosí ci salverai; e noi salvati salveremo te.

ANTONELLO — Ah! Ah! Ah! Sicché vorreste ripetere sulla mia persona la comica scena rappresentata in tutti i tempi dai galantuomini a danno dei briganti? Mi fate voi cosí semplice? Dopo aver servito alle vostre vendete a prezzo della mia coscienza, dovrei pure a quello della vita formar per voi di mia spontanea presentazione un titolo di merito, e soffrire che il governo dia d'un tratto la forca a me, ed una medaglia di cavaliere a voi... a voi che meritate la forca piú di me? Ah se dovessi pur farlo, non a voi, ma al Commissario Regio, mi presenterei: a lui solo, capite? E vorrei dirgli: Signore, vi han detto che Antonello abbia commesso mille omicidii, e mille furti, e non è vero. Un sol nemico io mi ebbi, e lo spensi; né, facendo il brigante, la mia borsa n'è divenuta piú pesa. Ah! io ho ucciso per gli altri, io ho rubato per gli altri. Gira un po' la Calabria, e in ogni terra e villaggio troverai uno, o due galantuomini, la cui vita è un delitto, la cui rapida fortuna è un arcano. La loro prepotenza crea i briganti, la loro avarizia li sostiene. Costoro che, cittadino onesto, mi avrebbero calpestato, brigante mi hanno protetto. Ho cenato, ho dormito con loro; e per essi ho ucciso, per essi ho rubato. Di està percorrea la campagna, d'inverno mi recava in città nelle case migliori: colà buona tavola, colà buono letto, colà la mia druda; e, venendovi per motivo di visita qualche generale, o colonnello, o altri, io dalla stanza dove mi stava appiattato ne sentivo i discorsi, e gli sciocchi disegni che meditavano per avermi in mano. Ad aprile ne uscivo, e col primo sequestro pagavo l'ospitalità ricevuta. — Cosí e piú di cosí gli direi, miei bravi signori. O Antonello, Antonello, bisogna che ti credano il fior dei gonzi per proporti di presentarti in mano loro con la promessa che in seguito si occuperebbero del tuo sprigionamento.

MARESCIALLO — Ma corpo di mille cannoni! parlo dunque a sordo io? T'ho detto io forse che presentandoti andresti in carcere? Tu non devi far altro che imporre i patti, onde intendi presentarti, e dichiarare insieme di esserti a ciò disposto per le nostre minacce: sei contento? Cosí tu salvi te, cosí tu salvi noi. Risolviti dunque, ed abbi per certo che i patti, che imporrai, ti saranno appunto appunto tenuti.

ANTONELLO — Davvero? E sapete voi i miei patti?

MARESCIALLO — No; ma siano qualunque, giuro su questi spallini onorati, che ti saranno attesi.

ANTONELLO — Buono. Io voglio dunque un largo salvocondotto per un mese a me ed ai compagni, facoltà di portare l'armi dovunque, esilio in un'isola del regno, una pensione alimentaria a vita, e perdono assoluto.

MARESCIALLO — Ci è altro?

ANTONELLO — No.

MARESCIALLO — E domani avrai tutto ciò promesso e sottoscritto dal Regio Commissario.

ANTONELLO — Tu canzoni, Maresciallo. E vuoi che io mi abbandoni ciecamente a voi, e sappia distinguere se la sottoscrizione sia o no del Commissario Regio?

CAPOCIVICO — L'osservazione è giusta.

MARESCIALLO — Lo veggo anch'io. Ma che fare, s'egli non si crede in noi?... Aspettate. Mi pare... non lo so certo... dico perciò mi pare... che voi, caro Antonello, abbiate in Cosenza un avvocato di cui non vi diffidate. È vero, o no?

ANTONELLO — Stravero.

MARESCIALLO — Scrivetene dunque a lui, che faccia le vostre veci innanzi al Commissario. Vi saremo noi e l'Intendente; e presentatevi soltanto allora che il vostro avvocato vi avrà rimesso il salvocondotto.

ANTONELLO — Lasciatemici riflettere. *(Il Maresciallo e 'l Capocivico escono).*

SCENA VI

ANTONELLO

ANTONELLO — Che penso? Che risolvo? È viltà, o virtuoso pentimento questo che io provo? Tornare nella città, lasciare i miei boschi, oh! non avrei mai creduto che mi sarebbe sorto questo pensiero. O fratelli Bandiera, o viltà, o virtú che mi muova, l'una e l'altra mi viene da voi. Vi ho visto morire, e 'l vostro morire mi ha insegnato a vivere. Vi ho visto scalzi, vestiti a nero avviarvi per la valle di Rovito e cantare in faccia alla morte: *Chi per la patria muore vissuto è assai.* Ed io miserabile, piú vecchio di voi, ho vissuto, e potrò vivere quanto voi? Ah! voi avevate uno scopo, o salvare la patria, o darle almeno un esempio, e lo avete conseguito; ed io?... io rubo e scanno per vivere, e vivo per vivere. Sarò dunque un bruto? Sarà la mia vita un buffo di vento, che vada e venga cosí a caso? Ahimé! restando qui, l'un dí o l'altro mi toccherebbe a morire. Morrei combattendo, gli è certo; morrei dopo avere ucciso tanti gendarmi quante ho cartucce, è certissimo; si direbbe: Antonello si è difeso come un leone; ma si aggiungerebbe: Fu morto, e gli sta il dovere. Oh! questo pensiero mi tormenta. Voglio che la mia morte sia ingiusta, voglio morire incolpevole, e che mentre a me genuflesso i gendarmi conficcano due palle in petto, la mia coscienza e quella degli spettatori possa dire: Si uccide un innocente. Questo, o Bandiera, si è detto di voi; questo voglio che si dica di me. Qual vita è cosí lieta, che possa preferirsi a tal morte? Mutiamo dunque condotta, rientriamo nel numero dei pacifici cittadini, facciamoci buoni. Perché non potrei divenirlo? Mi negherebbe forse Dio il tempo, e le occasioni? O mio Dio, o essere misterioso, che non comprendo, ma che certo esisti e mi sei presente nella paurosa solitudine di queste antiche foreste, ascoltami. Son reo, no 'l nego; ma tu sai che il povero Antonello ricevette gli ammaestramenti della famiglia e della scuola infino ai diciotto anni solamente. Non sapeva altro che la storia romana; ammirava Romolo, Siccio Dentato, e Camillo; ebbe uno schiaffo innanzi alla donna, ch'egli amava, dalla mano d'un signore, e lo uccise; e d'indi in poi, tu lo sai, o mio Dio, Antonello conversò coi lupi. Or voglio rifare la mia vita: l'occhio dei Bandiera vagante sulla folla si è fermato su di me, ed ho veduto te dentro quell'occhio, ed ho guardato la mia vita trascorsa con disprezzo. Sí! io disprezzo me stesso, ma ciò non è motivo che tu, essere onnipotente e buono, debba pure sprezzarmi. Ho deciso. *(Dà un fischio ed entra Don Peppe)*. Don Peppe, l'occorrente per scrivere. *(Siede, scrive, e suggella la lettera. Si ode dentro le scene una voce che canta*

> Ier sera mi baciasti, ed oggi, o tristo,
>
> Mi lasci addormentata, e te ne vai.
>
> O Giuda tradìtor d'un nuovo Cristo,
>
> Perché di tue promesse io mi fidai?)

Don Peppe, chi canta lí dentro, e profferisce il nome di Giuda?

DON PEPPE — Una donna che scherza con Corina.

ANTONELLO — Chiamala. *(Don Peppe esce)* O qual dubbio! Mentre penso d'abbandonarmi alle mani del governo, una donna canta e mi ricorda Giuda. Fosse per volontà di Dio, che mi avverte a gir cauto, e non fidarmi? *(Entra Don Peppe e la Donna)*. Buona donna, a chi cantavi quella canzone.

LA DONNA — A Corina.

ANTONELLO — Perché gliela cantavi?

LA DONNA — Perché Corina è un traditoraccio.

ANTONELLO — E l'hai composta tu quella canzone?

LA DONNA — No: è cosa vecchia, che si canta nel mio paese.

ANTONELLO — Andate. (*Don Peppe, e la Donna escono*). È cosa vecchia, si è cantata mille volte, chi sa da quanti ed a quanti! Dunque non mi riguarda. Ma non è possibile che io sia tradito? Il mio avvocato, è vero, mi ha dato pruove continue di fedeltà. È ricco per me, ha palagio, e poderi per me, ma potrebbe tradirmi, e far sí ch'io appaja traditore dei miei compagni. Arrischiare la mia vita non monta; ma quella degli altri?... O anime dei Bandiera, io non oso pregare Dio; prego voi. Da voi m'è venuto il pensiero di rifare la mia vita, da voi dee venirmi il coraggio di seguirlo. Guardate: questa è una moneta. La croce valga *Sí*, la testa valga *No*. Io la gitto in aria; fatela voi cadere secondo che piú giova. (*La moneta cade; ei la raccoglie, e grida*). — Croce! (*Dà un fischio e rientra Don Peppe*). Don Peppe, presto in Cosenza: questa lettera al mio avvocato: uscendo mandami i due signori.

SCENA VII

IL MARESCIALLO, IL CAPOCIVICO, E DETTO

MARESCIALLO — Hai deciso?

ANTONELLO — Sí. Ho scritto al mio avvocato, e mi presenterò.

MARESCIALLO — Benedetto Dio! Finalmente sentisti ragione, ed io ne son cosí lieto, che vorrei in questo momento avere le ali per recarne la novella all'Intendente. Addio di nuovo. E ricordati che hai nelle mani il Brunetti, pollo grasso, che bisogna spiumare a dovere; e poiché questa è l'ultima tua impresa, sarebbe buono che troncassi la nostra segreta corrispondenza con lasciarci la bocca dolce.

ANTONELLO — Ed io chiedendovi scuse delle parole un po' acri sfuggitemi testé, vi dico che la mia borsa pagherà le colpe della mia lingua.

CAPOCIVICO — L'odi tu, Maresciallo? Che bella e sublime frase!

MARESCIALLO — E te ne maravigli? Antonello è bravo in tutto. Mio buono amico, addio di nuovo.

ANTONELLO — Addio.

SCENA VIII

ANTONELLO, POI SBARRA, CORINA, SCHIERA DI BRIGANTI E BRUNETTI

ANTONELLO — Sono una spugna, ed è giusto che io sia spremuto fino all'ultima goccia. (*Dà un fischio*).

CORINA — Che domandate?

ANTONELLO — Brunetti a me.

SBARRA — I compagni vogliono ad ogni patto sapere il vostro colloquio con quei signori, e il contenuto della lettera consegnata a Don Peppe.

ANTONELLO — Vogliono? Ad ogni patto? E non lo sapranno. Gli ingrati dubitano di me.

2. BRIGANTE — Perdonate: ma tutti siamo in eguale condizione, e ciò che importa a voi deve importare anche a noi.

ANTONELLO — Il capo mio non si consiglia coi piedi quando matura un disegno. Voi siete i piedi, io sono il capo, e mi sento l'uomo, capite? capace di tagliarmi mani e piedi, quando il dolore me li rendesse insopportabili. (*A Brunetti ch'entra*) — Tu dunque sei Brunetti?

BRUNETTI — Il vostro servo, Eccellenza.

ANTONELLO — Corina, date all'Eccellenza l'occorrente per scrivere. (*Detta*) "Carissima moglie, la rimessa dei quattro mila ducati è insufficiente: inviatene altrettanti".

BRUNETTI — Quattro mila docati! e che altro potete pretendere? Io fo misera vita, e sallo Dio quante volte vada a letto digiuno. Strettamente vivendo ho raggranellato, è vero, qualche cosuccia, ma ora mi avete preso tutto. Sono in voce di ricco, no 'l nego; ma è tutta roba dotale. Come potrebbe venderla l'infelice mia moglie senza la mia approvazione? Se gliela dessi or che mi trovo in vostra balía, sarebbe un atto estorto dalla violenza, e si eccepirebbe. Potrebbe, capisco, chiederla al tribunale civile, ma finché la domanda non è omologata, passerà molto tempo, e voi v'impazientirete giustamente. Vedete, io parlo col codice in mano, e fortunatamente a chi se n'intende. Volete denaro? È giusto, giustissimo; avete bisogno, e quaggiú ognuno dee vivere; mettetemi dunque in libertà; vi obbligo la mia parola di onore, vi lascio ostaggio mio figlio, ed io farò subito il denaro, che mi chiedete.

ANTONELLO — Corina, taglia le orecchie a sua Eccellenza, e mandale in vece di procura a sua moglie.

BRUNETTI — Oh dura necessità! (*scrive e consegna ad Antonello la lettera*). Ecco la lettera. Che volete di piú? Ora sono spacciato, né altro mi rimane che vivere di accatto. O Antonello, tu sei buono; ma perché mi lasci la vita, quando tutto mi togli che la rende sopportabile?

ANTONELLO — E chi ti dice che io voglia lasciarti la vita? Ascoltami, Brunetti: Io son contento di questo giorno, ed anch'esso, spero, tramonterà contento di me. Nessuna passione mi acceca: dico che due e due fanno quattro, e l'animo mio resta tranquillo; ed ora dico del pari: Tu devi morire, e l'animo mio non sente un rimorso.

BRUNETTI — Oh me infelice! E perché debbo morire?

ANTONELLO — Non interrompermi, prego. Io vorrei che nell'eternità Dio mi giudicasse al modo, ond'ora giudico te. A chi abusa dell'ingegno, frodando ed ingannando, i tribunali serbano il carcere. A chi abusa della forza, battendo ed uccidendo, i tribunali serbano la galera; ed a chi abusa del denaro qual pena si dà? Nessuna. Col tuo detestabile metallo tu hai corrotto il paese, mercanteggiato i santi affetti dei padri, speculato sulla miseria, seminato lo scandalo, renduto invidiabile il vizio, e rispettabile la forza. Oh! qual altro popolo è naturato al bene piú del calabrese? Ha ingegno e cuore, ma è corrivo al sangue, perché non trovando giustizia se la fa col suo moschetto; ma è ladro e brigante, perché alcuni prepotenti tuoi pari gli stanno in ogni paese col piede sul collo. Or tu hai abusato dell'oro, ed io te ne privo, come si priva dei denti il lupo, e del veleno la vipera.

BRUNETTI — E voi mi avete tolto tutto: ottomila ducati sono la vita d'un uomo.

ANTONELLO — Ma ciò non basta, e tu devi morire. Innanzi però amo che tu ti penta, e ti do tempo un'ora per riconciliarti con la tua coscienza. Orsú! compagni, lasciamolo solo.

BRUNETTI — (*Lanciandosi verso Corina*). Non mi lasciate. Non vi è ragione ch'io debba morire; o siete pazzi voi, o pazzo io. Morire! e che vi ho fatto? Morire! io non capisco perché debba morire. O Corina, pel ventre di tua madre, dimmi che tutto ciò sia un gioco. Volete piú danaro? Farò che il mio corpo diventi una massa di oro, e ve ne taglierò un brano ogni giorno. Ma non mi uccidete: v'impedisco di vivere io forse? Corina, difendimi: io mi abbraccio ai tuoi piedi, né mi muovo.

CORINA — Basta. Orsú, Antonello, perdonami; ma passami pel capo di farmi suo avvocato. Tu hai il tuo in Cosenza; perché impedire a Brunetti che abbia anche il suo nella Sila? Immaginiamo dunque che voi siate il presidente; Sbarra, con quel faccione di patibolo, il regio procuratore; e quei poltroni, che non sanno né leggere né scrivere, formino il collegio dei giudici: ed ecco come ragiono:

"Signori

L'uomo vuole nove mesi per nascere, ed è giusto che n'abbia altrettanti per morire. Ucciderlo cosí, alla cieca, e respingerlo dal mondo con l'atto, onde si allontana una mosca dal naso, è una solenne ingiustizia".

BRUNETTI — Ah! ho capito. È questo il secondo gioco, che intendete di fare. Prima quello del lupo e delle pecore; ora quel dell'avvocato e del cliente. Che bravi compositori di farse siete voi! E mi avete messo in corpo una maledetta paura! Oh lo sciocco che fui a non capire lo scherzo!

CORINA — "In questo mondo il bene sta accanto al male. Vi hanno animali innocui, ed animali nocivi: quali sono i necessarii? Io veggo che se tutti gli animali fossero stati lupi, al dí vegnente o sarebbero morti di fame, o divoratisi l'un l'altro; se al contrario, fossero stati agnelli, sariano vivuti tre secoli. Quali son dunque i necessarii? È evidente che sieno i lupi, perché lupi senza pecore non possono esistere, ma pecore senza lupi ben possono. La natura ha perciò creato i lupi come ultimo fine del suo operare; e poi ha creato le pecore come mezzo, onde far vivere i lupi. I lupi dunque, secondo il giudizio della madre natura, sono i migliori animali: noi crediamo altrimenti; ma chi s'inganna, noi o la natura? C'inganniamo noi: la pecora è un mezzo pel lupo, e il bene è un mezzo pel male. La ricchezza è un bene quando serve ad opprimere, l'ingegno è un bene quando serve ad ingannare. Or se non altro che ciò ha fatto il Brunetti, io lo dichiaro l'uomo piú ragionevole, che ha imitato l'unico modello, a cui dobbiamo comporre le nostre azioni, la madre natura.

BRUNETTI — Che logica! Continua, caro Corina: questo gioco è migliore di quello che facevi con Don Peppe. Io mi sbellico dalle risa.

CORINA — "Il signor Brunetti è un grande scellerato".

BRUNETTI — Oh! questo non entra nella difesa.

CORINA — "Il signor Brunetti è il piú grande scellerato; ma punirete voi la tigre, perché sbrana, e la vipera, perché morde? Ognuno segue il proprio istinto, e Brunetti ha seguito il suo.".

BRUNETTI — La conclusione non sta male.

CORINA — "Il debole sarà preda del forte, l'ignorante del furbo, il povero del ricco: è legge universale. Brunetti l'ha obbedita; e se in ciò vedete colpa, recatela non a lui, ma alla condizione, in cui nacque. Fu oppressore, perché era forte; fu corruttore, perché era ricco. Ciò è vizio, o virtú? Non posso deciderlo: conosco solamente che al mondo vi hanno fatti e parole, che combattono insieme. I potenti ed i ricchi fan valere i fatti, i deboli ed i poveri oppongono ai fatti le sonanti e vane parole di vizio e di virtú. Ma fate che i deboli ed i poveri diventino ricchi e potenti, e tosto, cangiando linguaggio, da oppressi si muteranno in oppressori".

ANTONELLO — La difesa è degna dell'avvocato e del cliente. Hai finito?

CORINA — Non ancora. "Finalmente questo nostro elevarci a giudici di Brunetti mi pare altamente ridicolo. E non siamo noi ladri, briganti ed omicidi? Le assurdità del mondo sono le forche, le carceri, i giudici, ed il carnefice. Dio solo può essere giudice; ma se tutti gli uomini sono scellerati, chi di loro può pretendere di giudicare la condotta dei suoi simili?".

BRUNETTI — Ah! bravo! il riso mi rompe le costole: siete le piú sollazzevoli persone, inarrivabili ad ordire giuochi e facezie. Ah! Ah! felici voi, che vi divertite cosí bene.

ANTONELLO — Sbarra, tu sei Procuratore del Re; che ne dici?

SBARRA — Dico che il bene sta accanto al male, ma per combatterlo; che Brunetti avendo obbedito il suo istinto, è ragionevole che noi secondando il nostro, l'archibugiassimo a momenti.

BRUNETTI — Che capi ameni che siete! Mi sollazzate tanto, che non penso piú al mio caso. Continuate, continuate.

ANTONELLO — Tocca a me: n'è vero?

BRUNETTI — Senza dubbio.

ANTONELLO — Brunetti, conosci un tal Giuseppe, marito d'una tale Maria?

BRUNETTI — No. Chi son costoro? Pure parmi di averli veduti... ma no! non li conosco.

ANTONELLO — (*Chiamando tra le scene*). Giuseppe. — Adesso lo riconoscerai, signor Brunetti. Sciagurato! stai in cappella, né ancora te n'avvedi. Non credi al giudice, or credi al carnefice.

SCENA IX

GIUSEPPE E DETTI

BRUNETTI — Antonello, una parola. Or non temo, non spero, non prego piú, e posso dirti a viso aperto che sei vile e traditore. Col chiedermi e pigliarti il mio denaro ti sei indirettamente obbligato a mandarmene libero. Or mi togli la vita, e sei traditore; or mi togli la vita, e sei vile, e ti fan paura le minacce del Capocivico, e del Maresciallo. Essi qui han veduto me prigioniero; io qui ho veduto loro in colloquio con te. Temono ch'io parli, e ti han detto: Uccidilo, e danne parte del suo danaro. La mia colpa è di averli veduti; ma ricordati che ciò che si semina, si miete; tu tradisci me, ed eglino tradiranno te: quei due birbanti io li conosco. O Antonello, apri gli occhi. Liberami, ed avrò acqua in bocca; liberami, e ti terrò mano in ogni cosa. Se ho abusato del mio potere, non abusare tu del tuo. Dio ci vede, e devi temerlo.

ANTONELLO — Questo terribile nome ti sta male sul labbro. Giuseppe, attengo la mia promessa: quell'uomo è tuo.

GIUSEPPE — Grazie. Amici miei, lasciatemi solo. (*Escono tutti*).

SCENA X

GIUSEPPE, BRUNETTI E POI LUIGINO DA DIETRO LE SCENE

GIUSEPPE — Eccellenza, vi son servo.

BRUNETTI — O Giuseppe, e come ti trovi qui? Io ti faceva ancora in prigione, sebbene io ti avessi forte raccomandato agli amici miei.

GIUSEPPE — I vostri amici non potettero eseguire le raccomandazioni ricevute; ed ora mi trovo libero e brigante.

BRUNETTI — Facesti male. Io attendea che tu uscissi dalle prigioni per pigliarti al mio servizio.

GIUSEPPE — È troppo tardi, Eccellenza. Son brigante, e qui jeri uccisi mia moglie.

BRUNETTI — Oh Dio! E perché?

GIUSEPPE — Perché vostra Eccellenza aveva mangiato nel mio piatto, e bevuto nel mio bicchiere.

BRUNETTI — Io? Io? Mente chi il dice.

GIUSEPPE — Me lo disse mia moglie.

BRUNETTI — Delirava.

GIUSEPPE — Ma io le ho creduto, ed ora voglio la tua vita.

BRUNETTI — E mi dici voglio la tua vita con tanta freddezza?

GIUSEPPE — E già. Tu pure nel giorno del mio sposalizio mi dicesti egualmente: Voglio tua moglie.

BRUNETTI — A che ricordi quello scherzo? Obblialo, posso farti ricco, e saremo amici.

GIUSEPPE — Qui ti voglio. Tu credi all'onnipotenza del denaro, e t'inganni. Può rendermi esso felice? può comprare la mia vendetta? Giuseppe è povero, Giuseppe è un verme: calpestiamolo dunque, tu dicesti in tuo cuore, rompiamo questo verme in due metà, che si cerchino sempre, né si trovino mai. E tu l'hai fatto, e tu hai diviso due vite nate per amarsi in eterno. Ed io dissi: Sta bene; due montagne non possono incontrarsi, ma due uomini qualche giorno sí, e questo giorno è venuto. Udisti Antonello? Tu sei mio come questo filo d'erba che spezzo. Posso darti la vita, posso togliertela.

BRUNETTI — Giuseppe, hai ragione; ma plàcati. Ogni uomo può errare; tu sei cristiano, e io ti cerco perdono.

GIUSEPPE — Ma chi m'assicura che il tuo pentimento sia sincero?

BRUNETTI — Sincerissimo.

GIUSEPPE — Il perdono poi non si cerca cosí.

BRUNETTI — E come ho da dire?

GIUSEPPE — Hai da dire: Io sono uno svergognato; spútami in faccia.

BRUNETTI — Io sono uno svergognato, spútami in faccia.

GIUSEPPE — Ed io ti sputo in faccia, Eccellenza. Ma ciò non basta. Devi dire: Io sono un assassino; dammi uno schiaffo.

BRUNETTI — Io sono un assassino; dammi uno schiaffo.

GIUSEPPE — Ed io ti do uno schiaffo, Eccellenza. Ma ciò non basta. Devi aggiungere: Io sono un vile, dammi un calcio.

BRUNETTI — Io sono un vile; dammi un calcio.

GIUSEPPE — Ed io, Eccellenza, ti do un calcio.

BRUNETTI — Sei contento?

GIUSEPPE — Non ancora. Hai da inginocchiarti, e baciarmi i piedi.

BRUNETTI — Ecco! m'inginocchio, e ti bacio i piedi.

GIUSEPPE — Prima il destro, e poi il sinistro.

BRUNETTI — Ho fatto. Sei placato?

GIUSEPPE — Non ancora, Eccellenza. Tu vuoi vivere, ed io ti lascio vivere, a patto che io sia vendicato. Tu hai disonorato mia moglie...

BRUNETTI — Non è vero: mente per la gola chi lo afferma.

GIUSEPPE — Non interrompermi; ed io per essere contento voglio disonorare la moglie tua.

BRUNETTI — È giusto, e te lo permetto.

GIUSEPPE — Tu fosti causa che morisse il mio bambino, ed io, per essere soddisfatto, vo', prima di mandartene a casa, uccidere il tuo.

BRUNETTI — L'hai nell'ugne; fanne ciò che vuoi. Posso alzarmi?

GIUSEPPE — Non ancora. Mettimi il viso sotto i piedi.

BRUNETTI — Ti obbedisco anche in questo.

GIUSEPPE — O Maria, ed ora guardami dal Cielo. Vedi come lo calpesto? Vedi come il fango dei miei piedi gl'insozza il volto? E nondimeno questo vile che mi trema sotto le piante, che ha ricevuto i miei sputi, i miei schiaffi, ed i miei calci, questo infame che per salvarsi la vita mi ha ceduto quella del figlio, e l'onore della moglie, posò la bocca sulla tua bocca, s'inebbriò di amore tra le tue braccia... egli... egli che non valeva la polvere delle tue scarpe! Alzati, Brunetti, alzati. Vedi come io tremo? Vedi come io palpito? Così tremavo, così palpitavo innanzi a lei, ed ardevo di buttarmele tra le braccia. Ed ora tremo, ed ora palpito per un odio cupo, dolce, e delirante come il mio amore. Ah! tu ami la vita? L'unico tuo bene è la vita? Hai dunque nel tuo cuore di fango un punto sensibile, dove io posso immergere il pugnale? Hai dunque un bene, che posso rapirti, un bene che preferisci alle ricchezze, alla moglie, al figliuolo? Abbracciami, Brunetti: io ti amo, io son geloso della tua vita, io ucciderei chi ti uccidesse. Abbracciami, Brunetti... O inferno! ed egli ha abbracciato mia moglie, egli?... Voglio sputarti di nuovo in viso, e di nuovo tirarti schiaffi, calci e pugna. Vile, perché non posso ucciderti mille volte?

BRUNETTI — O Giuseppe, strapazzami a tuo gusto, sfogati come ti pare; ma non mi uccidere.

GIUSEPPE — Uccidere te? Non mai. Voglio uccidere le tue membra. Prima le tue dita, poi la tua mano, poi il tuo braccio, poi il tuo collo, ed inseguire l'anima tua da membro a membro, da fibra a fibra, da goccia a goccia di sangue; e correrle dietro con la punta del pugnale, e costringerla a ritornare nel corpo abbandonato, per cacciarnela di nuovo, per inseguirla di nuovo... così... così... sempre! Levati dunque, e cammina. Il suo sepolcro è lí, lí presso un pino, lí presso una sorgente di acqua. Tu la vedrai: ella si leverà fino alla cintola dal suo letto di sabbia, e la macchia, che le lasciarono in fronte i tuoi baci, gliela laverò col tuo sangue.

LUIGINO — (Da dietro la scena) Uccelletto mio, uccelletto mio.

BRUNETTI — Figlio! Figlio! La voce di mio figlio. Lasciamelo vedere, lasciamelo abbracciare. Giuseppe, non mi uccidere: che vi guadagni? Uccidi un pollo, uccidi un coniglio.

GIUSEPPE — E tu che guadagnavi a disonorare mia moglie? Non avevi la tua? Ma stufo del pane buffetto, volesti assaggiare il castagnaccio; ed a me che ho ucciso polli e conigli passa per capo di accoppare un galantuomo.

LUIGINO — (Come sopra) Vien qua, uccelletto, vien qua.

BRUNETTI — O figlio, soccorrimi! O figlio, ti uccidono il padre! O figlio, ti benedico! (Escono).

SCENA XI

LUIGINO, SBARRA, BRUNETTI DA DIETRO LA SCENA, E CORINA IN MEZZO A DUE DONNE CHE VI PASSA E RIPASSA

LUIGINO — Dove si sarà nascosto? Sbarra, aiutami a rinvenirlo.

SBARRA — (*Entrando e porgendogli l'uccello*) Eccotelo, ragazzo; ma tu vuoi corrergli dietro, e qui non devi oltrepassare la mia capanna. Ti consiglio di ucciderlo, e mangiartelo.

LUIGINO — Questo no; è vergogna. Io sono grande, egli piccolo; e mi conviene proteggerlo. Gli do piuttosto il volo. Ei canta e loda Dio, e Dio gli fa trovare il granello di panico pel suo cibo, e il musco pel suo nido. (*Vedendo per terra il cappello di Brunetti*) Oh! guarda, Sbarra: non è questo il cappello del babbo?

BRUNETTI — (*Di dentro*) Ahi! Ahi!

LUIGINO — Parmi la voce di lui. Egli suole cosí chiamare i cani. (*Spinge il cappello come una trottola*) Come rotola bello il suo capo!

SBARRA — (Questo fanciullo mi desta i brividi. Un'altra anima parla in lui, ed egli è profeta).

LUIGINO — Gira, gira, o cappello. Il babbo mi prendeva per le orecchie, e mi faceva girare anche cosí.

BRUNETTI — (*Come sopra*) Ahi! Ahi!

LUIGINO — Guarda, Sbarra: esso muore.

SBARRA — Chi muore, o fanciullo?

LUIGINO — Muore il cappello; non vedi ch'è per fermarsi?

SBARRA — (In quest'istante forse muore suo padre!).

CORINA — (*Rientrando e parlando alla prima Donna*) Ma quando mi baci, non vo' sentirti parlar di denaro.

2. DONNA — Il corpetto me lo hai promesso, e lo voglio.

CORINA — Anche tu, mozzina? (*Escono*).

LUIGINO — Quando avrò un altro uccello, lo metterò, come in una gabbia, dentro questo cappello; e allora puoi tu, Sbarra, indovinare che sarà quell'uccello?

SBARRA — Che sarà?

LUIGINO — La mamma mi contava d'un gigante, che non potea morire, ché, sendo l'anima sua un uccello, egli aveala chiusa in quattordici gabbie l'una dentro l'altra in una cassa posta nel fondo del mare. Ma un cavaliere vi scese, sconficcò la cassa, e come apriva lo sportello or dell'una, ed or dell'altra, il gigante perdeva a poco a poco la vita. Or io, Sbarra, porrò un uccello dentro questo cappello, e l'uccello sarà l'anima di mio padre.

BRUNETTI — *(Come sopra)* Ahi! Ahi!

SBARRA — O mistero della vita! Chi ha dato a questo fanciullo la facoltà del profeta?

1. DONNA — *(Rientrando con Corina)* Io son sicura, o Corina, che oggi mi hai fatto madre. Se nascerà la creatura, che nome vuoi che gli si metta?

CORINA — Diavolo.

2. DONNA — Io, se nascerà la mia, la chiamerò...

CORINA — Padre Eterno. Oh! baciatemi, baciatemi, donne di perdizione *(Escono)*.

LUIGINO — *(Ponendosi il cappello in testa)* Oh! è troppo largo pel mio capo; ma diverrò grande, non è vero, Sbarra? ed avrò i cani, i cavalli e le pecore del babbo. Allora verrai a trovarmi?

SBARRA — Se i briganti non t'uccidono.

LUIGINO — Non m'uccideranno, no. Senti: la mamma mia ha mandato l'effigie della Madonna per difendermi. Ve' quanto è carina! Baciala.

SBARRA — Non posso. Ma, me la regali?

LUIGINO — A patto di menarmi alla Chiesa. È molto lontana la vostra Chiesa?

SBARRA — Non abbiamo Chiesa.

LUIGINO — Davvero? E dove fate le cose di Dio?

SBARRA — In nulla parte.

LUIGINO — E cosí potete aver bene? Orsú, andiamo a rizzare un altarino sotto un albero, e, con questa effigie sopra, pregheremo. Mi darai mano a cogliere fiori?

SBARRA — Sí, ragazzino mio. (Santo Diavolo! mi scappano le lagrime). E tu pregherai per l'anima mia?

LUIGINO — E perché no?

SBARRA — Cielo! Non potresti far sí, che il cuore di questo fanciullo mi passasse nel petto? *(Fanno per uscire)*.

CORINA — *(Riapparendo tra le due donne)* Cielo! non potresti farmi passare nelle vene il fuoco insaziabile che arde in quelle di queste due donne? Sbarra, viva Dio, viva la creazione! Mentre un uomo qui moriva, io ne ho impastato due.

ATTO IV

SCENA I

GIUSEPPE

Ed è morto, né posso tornarlo in vita per ucciderlo di nuovo! L'anima sua mi è scappata, e il corpo è lí, insensibile, quieto, piú felice di me! E il mio dolore è eterno, e la vendetta durò un minuto! Un'ostinata veglia mi ha richiamato fin qui tutto il sangue al cervello. Sento che impazzo, mi mancano le gambe, e, parlando, mi s'incoccano le parole. — Come mi sento stanco! ma ora Brunetti

mi comunica il suo sonno. (*Si corica sotto un albero e si addormenta*).

SCENA II

PADR'ANTONIO E DETTO

PADR'ANTONIO — Povera carne battezzata, pasto dei lupi! O mio Dio, abbi pietà di quell'anima! Ma (*vedendo Giuseppe*) ecco lí lo uccisore. Tale lo manifestano le mani insanguinate, il viso pallido, i capelli ritti sulla fronte. E nondimeno dorme vicino all'ucciso, e col peso d'un cadavere sulla coscienza. O Signore, quanto è grande la tua pazienza! Strappiamo due rami da quell'albero: è buono farne una croce per piantarla sul luogo dove giace l'ucciso.

GIUSEPPE — (*Svegliandosi*) Chi mi desta cosí? Mi vuoi tu uccidere? Compagni, (*chiamando tra le scene*) perché lasciate ad un estraneo d'introdursi tra noi?

PADR'ANTONIO — Tu giovine temi d'un vecchio?

SCENA III

CORINA, SBARRA E DETTI

CORINA — Che fu? Che avvenne? Ah! è il padr'Antonio? Buon giorno, padr'Antonio. A che vieni tra noi? Dammi un po' di tabacco.

PADR'ANTONIO — Accòstati, tel dirò all'orecchio. (Precedo di pochi passi la Signora per vedere di salvarle il marito).

CORINA — Troppo, tardi!

PADR'ANTONIO — *(Aprendo la tabacchiera)* Sèrviti.

CORINA — Donna, se vuoi tabacco, io non ripugno

   Ché non son, qual tu sei, core di cagna:

   Ma prima viene maggio e dopo giugno,

   Poi il miserere mei secundum magna.

PADR'ANTONIO — Tu sei sempre su per le baje. Pensa a Dio, figlio mio, pensa a Dio.

CORINA — Eh, caro padr'Antonio, tu la sai lunga piú di me. Se avessi le tue belle beghine cosí devote al cordone di voi Frati, ti prometto che farei miracoli. — Ma perché non sei passato per di qui pochi momenti prima? Avresti assoluto il povero Brunetti, a cui non mi è riuscito di salvar la vita. Ne sarebbe venuta una scena compitissima coi giudici, con l'avvocato, il confessore e 'l carnefice.

PADR'ANTONIO — Ad ogni modo posso benedirne il cadavere, e piantargli vicino una croce.

GIUSEPPE — Frate, segui la tua via, né mettermi al punto di oltraggiarti. Quel morto m'appartiene.

PADR'ANTONIO — I morti appartengono a Dio.

GIUSEPPE — Io ho tolto ad un'anima di bestia la maschera dell'uomo, e quell'anima appartiene al Diavolo.

PADR'ANTONIO — Chi te l'ha detto? Per grandi che siano le nostre colpe, la misericordia del Signore è sempre piú grande. Dio non manda nessuno all'inferno, perché nessun padre manda i figli al patibolo. Siamo noi che vogliamo andarci; e basta che si dica a mezza strada: Signore, mi pento, — perché non ci si vada piú.

GIUSEPPE — E cotesto *mi pento* non fu detto da colui ch'io ho ucciso a punte di pugnale, perché l'estremo suo grido fosse una bestemmia ed una maledizione.

PADR'ANTONIO — E che monta? L'ultimo pensiero decide del nostro destino: lo hai spiato tu quel pensiero? Oh! io spero che l'estremo sentimento di quell'infelice fosse stato un rimorso, una paura di Dio, un impeto di amore verso lui.

GIUSEPPE — Monaco, non disperarmi, e va via. Chi oserà seppellirlo? Chi benedirne con la croce il sepolcro? Parti, né tirarmi ad oltraggiarti.

PADR'ANTONIO — *(A Corina e Sbarra)* La pace del Signore resti con voi *(Esce)*.

SCENA IV

GIUSEPPE, SBARRA E CORINA

GIUSEPPE — Impostore, che vuol darmi ad intendere che Brunetti siasi salvo! E sialo pure: lo inseguirò nel cielo, lo domanderò a Dio, perché me lo attacchi alla persona, e poi ci scaraventi uniti tra le fiamme dello inferno. Corina, voglio il figlio di Brunetti, lo voglio, assolutamente lo

voglio.

CORINA — Ma sai che t'ho sulla punta dei capelli? E anche all'udire lo strazio fatto di Brunetti, Antonello si è pentito di averti accolto tra noi.

GIUSEPPE — Pentito? Voi giuraste di vendicarmi, ed ora non c'è Cristi di tirarvi indietro: andrò io da Antonello a ricordargli le promesse *(Esce)*.

SBARRA — Amava e perdé l'oggetto amato; odiava, e perdé l'oggetto odiato. Oh miseria ch'è la vita! Corina, se il governo ci traesse di bando, io mi farei cappuccino.

CORINA — Bah! tu parli poco, e pensi pochissimo; e, quando fuori del solito sciogli la lingua, io dico: Sta a vedere che Sbarra sbalestra. Cappuccino tu, tu che nascesti con la forca sul viso, tu che Dio ha cancellato dal suo libro d'introito? Se c'incontrassimo un giorno, io col mio schioppo, e tu con la tua bisaccia per le spalle, non schiatteremmo tutti e due dalle risa?

SBARRA — O Corina, io visto ancora non avea la morte; ma, contemplando l'immobile cadavere di Brunetti, mi domandai: Addove è andato il suo pensiero?

CORINA — Addove va il vento.

SBARRA — No: il vento muore; ma il suo pensiero, ma l'anima sua che pensava è ita in un altro mondo.

CORINA — E sia pur in un altro mondo; a noi che importa?

SBARRA — Import'assai. S'ell'è in altro mondo, quivi che fa?

CORINA — Ciò che faceva qui.

SBARRA — No, Corina (*strappa una fronda*). Io non so esprimermi; ma osserva questa fronda: quindiè un colore, e quinci un altro. E cosí pure io penso che la morte, e 'l futuro siano il rovescio della vita, e del presente.

CORINA — Cioè che colà si rida se qui si piange, e viceversa, e che tu che non ridesti mai alla tua vita, debba dopo la morte ridere e ballare sulla pietra della sepoltura? Sei curioso davvero.

SBARRA — Non beffarmi perdio, ché io mi sento un miserabile. Quel Cappuccino disse che il rimorso cancella le colpe di tutta la vita; ma or dov'è quel rimorso? Una volta io non era solo; avevo un compagno invisibile, una voce che ritrovavo ogni sera sotto il capezzale, e che mi diceva: Non far questo e non far quello; ciò che hai fatto è male; ciò che pensi di fare è orribile. E quella voce, benchè mi rimproverasse, erami cara. Ora non la sento piú, ed io son mesto qual se avessi perduto un fratello. Corina, è vero?

CORINA — (*Con serietà*) Sí.

SBARRA — Poi quel fanciullo!... Jer notte al poverino facea freddo, ed aggrezzito mi giacque allato ravvolto nel mio mantello, e mi diceva: Sbarra, il sonno non mi piglia, se prima non recito l'Avemaria, ch'io già cantavo con la mamma, e ch'or da me solo non ricordo tutta: puoi tu recarmela a mente? — O Corina, io non la rammentavo neppure; ma rinvangando nella memoria ve ne trovai qua e là pochi frammenti come fiori sparsi in un deserto: ed allora mi sovvenni della mia infanzia, della mamma, del focolare domestico, delle lunghe sere di verno vegliate con lei pregando presso al fuoco, e... piansi e... mi scostai da quel fanciullo; perché vedi, Corina, quel fanciullo a me facea paura, e innanzi a lui bassavo a mal mio grado lo sguardo.

CORINA — Anche a me è intervenuto il medesimo. (*Restano entrambi in silenzio, e Sbarra esce senza che Corina se ne avvegga*) Sbarra! O diamine, è andato via lasciandomi cosí malinconico.

SCENA V

LA SIGNORA E ROSA

CORINA — (*Vedendo la Signora*) Oh!

SIGNORA — Non torcere il viso, buon uomo; io già ti riconosco: non t'eri tu nascosto sotto il letto?

CORINA — Ma io non ti torsi neppure un capello, ricordati bene: ti tolsi solo di gridare e di muoverti.

SIGNORA — Ed io te ne so grado; ma vedi misera donna, ch'io sono. Avete richiesto altri quattro mila ducati, e pronti a numerarveli son qui presso i miei servi. Ma che mi giova? Lungo la via seppi che mi avete ucciso lo sposo (*Piange*).

CORINA — Signora mia, sopra quell'uomo non versare neppure una lacrima.

SIGNORA — Ah!

CORINA — Torno a pregarti di non piangere: le lacrime mi fanno venir male. Quel Brunetti era un assai cattivo arnese, e la sera che nascostomi in tua casa udii le mille ingiurie, che ti gittava in viso, ebbi voglia, per quanto è vero Dio, di cacciargli un palmo di coltello nella pancia.

SIGNORA — Cielo, qual morte!

CORINA — Qual morte? Da galantuomo. Ebbe tutti gli onori, che si poteano: giudici, presidente, procuratore del Re, e questo bel fusto, che ne avvocò la causa con tutta l'anima.

SIGNORA — Voglio mio figlio: che ne avete fatto di mio figlio?

CORINA — Tuo figlio è stato con noi tutto fiori e baccelli. Di notte, gli ho fatto un lettuccio di fieno; mancava il capezzale, e sotto il collo gli ho disteso il mio zaino; faceagli freddo, e sopra gli ho gittato il mio cappotto. Di giorno poi me lo son messo a cavalluccio, portandolo a zonzo qua e là, trovandogli dei nidi, e facendogliene prendere gli uccelli.

SIGNORA — Buon uomo, ri ringrazio.

CORINA — Non ci è di che: ci ebbi il mio gusto. Ora vuoi il bambino, né sta in me il dartelo: ne passo una parola ad Antonello, e torno subito *(Esce)*.

SCENA VI

LA SIGNORA E ROSA

SIGNORA — Uomini barbari! Hanno il lampeggiar del pugnale negli occhi e nel sorriso. O figliuol mio, quando sarà che io ti rivegga? — Rosa, perché dài in cosí subito pianto? La colpevole sono io, che con sempre dolermi dell'ingiurie di Brunetti, gli ho tirato addosso la vendetta del Cielo. Ahimé! fui esaudita oltre ai miei voti.

ROSA — Signora, ecco i briganti: in quel che parlerete con loro, io andrò pel padroncino *(Esce)*.

SCENA VII

ANTONELLO, SBARRA, CORINA, GIUSEPPE, PARTE DEI BRIGANTI, E DETTA

SIGNORA — *(A Corina)* Grazie tante. Ora additami il capo.

CORINA — Eccolo.

SIGNORA — *(Ad Antonello).* Tu dunque sei Antonello? Mi hai ucciso lo sposo, e nondimeno eccomi qui in atto supplichevole.

ANTONELLO — Duolmi che senza bisogno vi siate strapazzata venendo fin qua. I vostri servi mi han già pagato il riscatto, ed il fanciullo...

GIUSEPPE — È mio. Io uccisi il padre, ma per saldare i conti con lui, debbo ucciderne il figlio, e quanto a te, o Signora, farò che nell'altro mondo mia moglie non debba arrossire nel passarti davanti.

SIGNORA — Antonello non è dunque il capo della masnada? Parla, buon uomo: a te solo domando mio figlio.

GIUSEPPE — Antonello parlò quando n'era tempo. Allora un uomo gli s'accoccolò come un cane davanti i piedi; ed Antonello che poteva calpestarlo, ed ucciderlo, giurò di vendicarlo. Or quell'uomo sono io.

SIGNORA — O misera! Tu non gli contraddici, Antonello? Tu impallidisci? Chi dunque è costui che sorge come un demone dietro la tua coscienza? *(a Giuseppe)* Uomo crudele, chi sei tu?

GIUSEPPE — Chi sei tu! Si gitta un uomo nell'inferno, e poi gli si chiede: Chi sei tu? L'uomo è forse un verme indegno che chi lo calpesta si volti a mirarne l'agonia e domandarne il nome? Sono crudele; e credi tu che no 'l sappia? Ma chi mi ha stranaturato, e costretto ad odiare me, il mondo e Dio?

SIGNORA — Io non ti conosco.

GIUSEPPE — Davvero? Né udisti di un uomo, che tornato dalle carceri, dove tuo marito lo avea chiuso per godersene la moglie, trovò questa malviva, col figlio nato poche ore prima, e soffogato dentro le coltri?

SIGNORA — Cielo, sei giusto!

GIUSEPPE — Tu stessa il dici. Il Cielo è giusto, e tale io sarò pure, ed ucciso che ti avrò il figlio, te ne darò un altro, ch'io ti seminerò nei fianchi, perché ti uccida quando sarai per partorirlo. Allúciami bene: non valgo io un Brunetti?

SIGNORA — *(Respingendolo)* Cèssati, mostro!

SCENA VIII

LUIGINO, E DETTI

LUIGINO — *(Correndo)* Mamma!... Oh mamma! Ho inteso la tua voce, e sono scappato dal pagliaio.

SIGNORA — Luigino! Figlio mio! Qua, qua... avvinghiati al mio collo. Ah! ti ho tenuto nove mesi nel seno, vi ti nasconderò di nuovo per salvarti. Guarda: colui solo che ti mira con occhio truce, colui solo ti vuol morto; ma gli altri... oh no! Vedi, gli altri son commossi... Le loro dure sembianze si rischiarano, bassano la fronte e vergognano di piangere. Di', Luigino: ti han voluto bene? Hai patito dimorando qui?

LUIGINO — *(Correndo tra le braccia di Sbarra e di Corina)* Mamma, questo qui mi ha voluto bene, e quest'altro pure.

SBARRA — Baciami, gioiellino mio. (E da capo, santo diavolo! mi vien da piangere).

CORINA — Questo diavoletto, Signora mia, fatto che sarà grande, farà ammattire le donzelle. Io ho il cuore, si può dire, di ferro, e nondimeno son commosso.

SIGNORA — Ed ora sí, che siete uomini. Soltanto un vile può voler male ad un fanciullo. Abbraccia, figliuol mio, cotesti poveretti, cacciati a vivere nei boschi non da indole perversa, ma da perverso destino, e to' da loro commiato. *(Il fanciullo va torno torno abbracciando ciascuno)* Antonello, tu piangi? Ah! non vergognarne; è nobile pianto, che rigenera il cuore, e lava le macchie di tutta una vita.

GIUSEPPE — *(Afferrando il fanciullo che va a lui)* Baciami, ragazzo, la mano, e fiuta il sangue di tuo padre. *(Brandendo il pugnale)* Sei mio!

SIGNORA — Ah!

ANTONELLO, SBARRA, CORINA — Giuseppe, che fai?

GIUSEPPE — Al primo passo che darete voi, io ne darò un altro col pugnale... cosí.

SIGNORA — Tigre, tigre, lasciami il figlio.

LUIGINO — Mamma, aiutami da costui.

SIGNORA — Sí, figlio mio; gli ti strapperò di ˉmano...

GIUSEPPE — *(Abbassando il pugnale)* Ed io farò cosí...

SIGNORA — *(Retrocedendo)* No, no: starò soda... Il cuore mi pende dalla punta del tuo pugnale, e si alza e bassa con lui... Ma volete piú denaro? Vi darò il sangue, vi darò la vita, vi darò tutto che posseggo. Resterò povera, andrò pezzendo; ma almeno avrò mio figlio. Priva di letto dormirò per terra; ma avrò almeno mio figlio. Antonello, parla. La parola di Dio creò il mondo, e la tua può darmi ciò che per me ha piú valore del mondo.

ANTONELLO — Sbarra, Corina, non dite nulla voi?

CORINA — E che ho da dire? L'uomo per la parola, e 'l bue per le corna. Tu desti la tua, né puoi tornarla indietro. Nondimeno vo' provarmi a rabbonire quell'indemoniato. Caro Giuseppe, non abusare la pietà che avemmo di te. L'uccisione di cotesto agnellino ci renderebbe odiosi alla gente de' prossimi paesi, che ci darebbero la caccia, come si fa ai lupi mannari, i quali succiano il sangue de' bambini. Dà dunque ascolto alla ragione, e rendi quel fanciullo.

GIUSEPPE — Prima mi si renda il mio. Vada a chiederlo al sepolcro, e se questo aprendo la bocca mi renderà mio figlio, io pure le renderò il suo.

SBARRA — Ma una creatura? Non ti fa pietà una creatura?

GIUSEPPE — E della mia chi ebbe mai pietà? Il pensiero che mia moglie mi avrebbe in breve fatto padre mi rendea meno dura la prigione. Io me lo immaginava bello, e bello ei nacque come un occhio di Sole, ed è morto. Ella ha veduto il sorriso di suo figlio, ed io no. Ella ha inteso il proprio nome sulla bocca di lui, ed io no. Ahi! il pensiero ch'egli è morto senza avere assaggiata una goccia di latte materno, ricevuta una carezza dal padre, e che si è dipartito da noi come uno scacciato ed un nimico, mi toglie il senno. O mio fanciullo, a cui non so dare un nome, tu non potrai riconoscermi nell'altro mondo. *(Piange)*.

ANTONELLO — Giuseppe, io intendo il tuo dolore, e il tuo stato mi affligge. Perché non ho uno specchio per mostrarti a te medesimo? Hai livido il viso, hai gli occhi soffornati, turgide le vene del collo, turgide e nere quelle della fronte, mal ti reggi sulle gambe, biasci, mentre parli, ed ammazzi le parole, e 'l terribile incendio dell'odio, che ti arde, nuoce piú a te, che a quella signora. Soffri, lo so, e soffri orribilmente; ma la morte di cotesto innocente può mai darti sollievo?

GIUSEPPE — Sarebbe buono che Antonello si rammentasse del suo giuramento. Giuseppe, ei mi disse, giuro per questa sacra luce del Sole, e per quel Dio che accende il Sole, che tu sarai vendicato. Compagni, è egli vero?

BRIGANTI — Giuseppe ha ragione.

GIUSEPPE — Gli udite? Io ho ragione.

ANTONELLO — Ma Brunetti era il tuo nemico, e Brunetti fu spento: che puoi pretendere di piú? O vorresti che in grazia tua io divenissi carnefice di donne e di bambini?

GIUSEPPE — E per uccidere Brunetti aveva io mestieri dell'opera tua? Il tuo pugnale era forse piú acuto del mio? Lo avrei ucciso in mezzo ai suoi guardiani; ma dopo? Dopo, il paese levato a tumulto mi avrebbe tradotto in prigione, e 'l figlio e la moglie non sarebbero stati in mio potere. O compagni, siate voi giudici tra me ed Antonello.

BRIGANTI — Giuseppe ha ragione: promettemmo; dobbiamo attenere.

SIGNORA — O me sventurata! Antonello, non rispondi? Io chiedo pietà non per me povera donna, perché ad ucciderla voi acquistate una gloria novella; non per me madre infelicissima, perché voi non succiaste il latte d'una femmina; ma a nome di Dio salvate quel fanciullo. Ah! verrà tempo che avrete bisogno di questo Dio. Camminando da cadavere a cadavere, la strada vostra, per lunga che sia, avrà termine una volta. Allora vi troverete a fronte di lui, e vorreste presentarvi al padre di tutti gli uomini con in mano la testa di quella creatura?

SBARRA — Giuseppe, io parlo poche volte, ma le poche son buone, e ti dico che se non lasci quel fanciullo, io ti accoppo. Perché vuoi essere carnefice? E non ti muovono le lagrime di quella signora cosí bella e cosí buona?

GIUSEPPE — Cosí bella e cosí buona! Ecco come siam fatti noi povera gente del volgo. I ricchi signori dàn la caccia alle mogli, alle sorelle, alle figlie nostre, e noi mandiam giú l'oltraggio, perché le nostre donne non sono né belle, né buone. O Maria, costei con tutte le sue vesti di seta è indegna di mettere le labbra dove tu posavi il piede; e nondimeno quando lí dietro quei pini tu col disonore sulla fronte, con l'inferno nel cuore, con la febbre nelle vene, stanca mi ti appoggiasti sul braccio e mi chiedesti morte, io disgraziato ti uccisi; ed ora si vorrebbe che io sentissi pietà di costei, io che non l'ebbi di te... di te giovinetta di venti anni, di te tanto buona, che camminando ti guardavi di calpestare pure gl'insetti! *(Piange)*.

BRIGANTI — Sbarra, non minacciare; noi stiamo per la ragione, per la giustizia, e per Giuseppe. Lo difenderemo a tutt'oltranza, e se alzi un dito, chiàvati in mente che questo luogo diventerà uno scannatojo. Promettemmo, e dobbiamo attenere.

SCENA IX

ROSA INSEGUITA DA PADR'ANTONIO, LA QUALE CADE PER TERRA STORCENDOSI, E DETTI

PADR'ANTONIO — Fermatela, tenetela, arrestatela.

CORINA — Canchero! Ti sei alla fin fine fatto scorgere. Monaci e frati son tutti fantai, e tu, Padr'Antonio, a come veggo, t'intendi assai della materia. Quella fantesca è chiusa e soda come una pina, tanto che sulle sue carni potrei con l'ugna del pollice schiacciare una pulce. Bravo il mio Padrino! Non sí può dire che ti manchi il gusto.

PADR'ANTONIO — Smetti l'empie burle, uomo imbecille, e carnale. Quella donna è spiritata. Oh! ella s'alza: trattenetela, ripeto, chiudetele ogni varco. *(Cinque briganti afferrano Rosa, che fa per fuggire, ma ad uno spintone di lei vanno ruzzoloni per terra)* Non ve l'ho detto? Una debole giovinetta è piú vigorosa di tutti voi, perché ella è ossessa, perché ha uno spirito dentro di sé. Ma ora sta salda, e ritta; vediamo che voglia fare.

ANTONELLO — Padr'Antonio, io non ne intendo niente. Che vuol dire ossessa e spiritata?

PADR'ANTONIO — Sei cristiano, e fai questa sorta di domande? Dio permettente, uno o piú spiriti, una o piú anime si cacciano in corpo d'una persona, e questa allora dicesi ossessa, e spiritata, e conosce il passato, il presente, e l'avvenire, e parla con la voce e con l'accento di colui, la cui anima è entrata in lei.

BRIGANTI — Oh!

PADR'ANTONIO — E per liberarla dallo spirito, la Santa Madre Chiesa ha istituito gli esorcismi, mercé i quali lo spirito va via, ora in forma di lungo sospiro, ora d'un chiodo, ed ora d'un ruffello di crini, e questi crini e questi chiodi piú d'uno di voi avrà veduto sospesi ai nostri altari.

ANTONELLO — Ma dunque gli spiriti dimorano in terra?

PADR'ANTONIO — O Antonello, i misteri della morte sono imperscrutabili. Noi in Calabria crediamo che l'anima di chi morì in sangue resti sul luogo dove cadde quanti anni avrebbe vivuto, se altri non l'avesse morto.

SBARRA — Mi si rizzano i capelli. Corina, mi metto al tuo fianco; io ho paura.

CORINA — Taci, balordo.

UN BRIGANTE — Ciò è stravero. Facendo io il mulattiere, ebbi spesso a passare per dove era stato ucciso alcuno; e allora di botto la mia bestia s'appuntava atterrita, tremando, scalciando, levando il pelo, arrovesciando le orecchie, e spesso cadendo a stramazzo, come se lo spirito le cacciasse un bastone tra le gambe.

PADR'ANTONIO — Ciò che tu dici è antico quanto il mondo, figlio mio. L'asina di Balaam vedeva l'angelo, e Balaam, benché profeta, no.

ANTONELLO — Ma lo spirito di chi credi tu, Padr'Antonio, che siasi cacciato nel costei corpo?

PADR'ANTONIO — Ti dirò. Io ho trovato questa giovine seduta ad un cento passi da qui sotto un pino, e presso una sorgente, dove il terreno era smosso, e ne usciva una mano di donna.

UN BRIGANTE — O Dio! era quello il cadavere della moglie di Giuseppe.

GIUSEPPE — (*Rimasto fin qui immobile, e con gli occhi fitti sul fanciullo, solleva il capo come uno smemorato*). Chi parla di... di... di ...?

PADR'ANTONIO — Al vedermi fé un viso strano, dette un urlo terribile, e si cacciò a correre. Credo perciò che lo spirito di quella donna uccisa alberghi in lei. Ma la è cosa di cui ci chiariremo subito. (*Si cava dal seno una stola, se la versa sul collo, e ne posa un'estremità sul capo di Rosa. I briganti s'inginocchiano, facendosi la croce, tranne Corina, che resta in piedi, e muove attorno il cerchio dei compagni*).

CORINA — Bacchettoni e collitorti, il diavolo se li porti. Ma non vedi, mio reverendo, che cotesta donnina è sotto un insulto d'isterismo? Ben altro che stola ci vuole per tirarle lo spirito fuori del corpo.

PADR'ANTONIO — Taci, uomo imbecille e carnale. Onnipotente Signore del cielo e della terra, a nome di Cristo, e di sua Santissima Madre, a nome dei Santi, e per quella virtú che a me indegnissimo sacerdote concedette la madre Chiesa, io ti prego, o Signore, di liberare questa creatura, che ora tocco con questa stola benedetta, dallo spirito, che la travaglia, e di ridarle la parola.

1. BRIGANTE — Oh il viso di cenere che ha fatto!

2. BRIGANTE — Come si scontorce tutta!

CORINA — Bacchettoni e collitorti, il diavolo se li porti.

3. BRIGANTE — Come ci straluna tutti, l'uno dopo l'altro! Io ho paura.

CORINA — Bacchettoni e collitorti, il diavolo se li porti.

PADR'ANTONIO — Signora, lo spirito può parlare; rivolgetele la parola.

SIGNORA — Rosa, tu mi guardi con occhi stravolti, e taci. Di', che ti avvenne? Rosa, Rosa, rispondi alla tua padrona.

ROSA — Il mio padrone è il Maestro; io non mi chiamo Rosa, mi chiamo Maria.

GIUSEPPE — Qual voce! È la voce di mia moglie. O diabolica donnàcchera, la conoscevi dunque Maria, che ora cosí bene ne falsi la voce?

ROSA — Io non conosco Maria, ma sono Maria.

GIUSEPPE — Tu?

ROSA — Io, sí.

GIUSEPPE — Oh Dio! sento che divento pazzo. Sarebbe possibile? Questi miei occhi sono occhi? Queste mie orecchie sono orecchie? Quel che veggio ed ascolto è sogno o verità? Antonello, Sbarra, Corina, venite in soccorso della mia ragione: interrogatela voi. Ah! quel volto non è il volto della mia adorata. Maria, ma quella voce, ma quell'accento è accento e voce sua.

ANTONELLO — Infelice! io ti compiango; ma che vuoi che io le chiegga? Non vedi che un misterioso terrore mi fa tremare le ginocchia? Orsú, Maria: rispondi a me. Tu 'che sei spirito, ed abiti nel luogo della verità, mi sapresti dire che cosa io facessi nell'alba di jeri?

ROSA — Nell'alba di jeri tu eri a Cosenza, stravestito da galantuomo, con due fedine posticce di color biondo.

ANTONELLO — O Dio, che ascolto! È vero. E quante monete avevo in tasca?

ROSA — Tre monete di argento.

ANTONELLO — Verissimo. E dopo che feci?

ROSA — Dopo non ti vidi piú, perché partii.

ANTONELLO — Per dove?

ROSA — Per la Spagna.

ANTONELLO — Per la Spagna! Ed a che fare colà?

ROSA — I morti visitano chi muore; e jeri un uomo moriva nella Spagna sul patibolo, e noi andammo ad accoglierne l'anima.

ANTONELLO — Io non ti credo. E poi ne tornasti cosí subito?

ROSA — Io sono piú veloce del vento e della luce.

ANTONELLO — E chi ti segnava la via a traverso di tanti mari e di tanti monti?

ROSA — Il Maestro.

ANTONELLO — Chi è cotesto Maestro?

ROSA — Il Maestro non ha nome: il Maestro è il Maestro.

SBARRA — Antonello, domanda se la si trovi in paradiso, o nell'inferno.

ANTONELLO — Taci. E perché entrasti nella persona della cameriera?

ROSA — Cosí volle il Maestro.

SBARRA — Ma fàlle la mia domanda.

ANTONELLO — Dimmi, Maria, se ti trovi nel paradiso, o nell'inferno.

ROSA — Io non ti capisco.

ANTONELLO — Vo' dire: Nel luogo, dove sei, soffri o godi?

ROSA — I nostri dolori e le nostre gioie voi non le potete comprendere.

GIUSEPPE — Ma chiedile di me, Antonello, chiedile di me.

ANTONELLO — Maria, conosci tu quell'uomo?

ROSA — Come no? Era mio marito.

ANTONELLO — Era? Ed ora?

ROSA — Or non m'è nulla: laddove sono non ci hanno né mariti, né mogli. La morte distrugge tutto.

GIUSEPPE — Anche l'amore? Anche l'odio?

ROSA — Infelice, che mai mi chiedi? Anche l'odio.

GIUSEPPE — Quando jeri ti ebbi vendicato, non ne godesti?

ROSA — Io era presente, assistevo a Brunetti, ed ora egli è con me.

GIUSEPPE — Tu menti, diabolica fantesca, che contraffai la voce di mia moglie. Ma io ti farò a brani, sgualdrina, che col chiamarti Maria ne contamini il nome.

ROSA — Taci. Non ti basta di avermi ucciso a vent'anni, che ora pure m'ingiurii? Io ti dissi di uccidermi; ma dovevi tu obbedirmi? O aria bella della vita, o bella luce del Sole, perché ti ho perduto? *(Piange)*.

GIUSEPPE — Oh delirio! Vorrei bevermi le tue lacrime, caderti alle ginocchia ed abbracciartele; *(lascia via il fanciullo, e gitta il pugnale)* ma tu davvero sei Maria? Tu sei sdegnata con me, tu biasimi ciò che ho fatto, tu mostri di odiarmi; come posso credere che tu sii la mia affettuosa Maria?

ROSA — Tu t'inganni: io non ti odio, ma ti compiango; ti perdono la mia morte; era destino che io morissi a quel modo; cosí ti perdoni il Maestro!

GIUSEPPE — Ah! il sangue mi s'affolla alla testa, i piedi mi vacillano, io perdo la ragione. Abbi pietà di me, ed a nome di cotesto Maestro che io non so chi sia, e che tu nomini sempre, persuadimi che tu sii Maria.

ROSA — Tu partisti da me lasciandomi addormentata, e portandoti teco il mio fazzoletto di capo. Quando giungesti qui, lo spiegasti; vi rinvenisti due fili dei miei capelli, e te ne facesti un anello al dito. Ti basta?

GIUSEPPE — No.

ROSA — Io ti raggiunsi qui, e ti chiesi morte. Tu mi baciasti sette volte, ma l'ultimo bacio fu un morso. Ti basta?

GIUSEPPE — No.

ROSA — *(Piange)* E perché vuoi che io dica che la tua pistola mi scaricò nel petto una palla, ed un pallino, e vi lasciò conficcato anche il suo bocchio di carta?

GIUSEPPE — Fulmini, tuoni, tempeste, inabissatemi. Terra, spalancati sotto i miei piedi. Maria, dunque feci male ad ucciderti? Maria, dunque mi odii? Io non ti sono piú marito? Tu non mi sei piú moglie? La morte, tu dicesti, distrugge tutto? Ma io non sono persuaso ancora; dammi altra prova; dimmi ciò ch'è noto unicamente agli Angeli in cielo, ed a noi in terra; dimmi le parole che mi susurravi nei nostri pochi giorni felici al momento di baciarmi, e baciami a quel modo.

ROSA — Infelice! che mai chiedi? Accòstati: io ti prendeva per l'orecchie, quasi che il tuo volto fosse stato una coppa a due manici, e baciandoti io diceva: Giuseppe, ora bevo nella coppa dell'amore *(Lo bacia)*.

GIUSEPPE — Ahi! *(Cade a terra. Rosa cade pure, ma tosto mette un lungo gemito, e si rialza).*

SCENA X

DON PEPPE E DETTI

DON PEPPE — Allegramente, amici, allegramente. Ecco qui, Antonello, la risposta dell'avvocato *(gli porge una lettera).*

ANTONELLO — Taci, Corina, solleva quell'uomo svenuto.

CORINA — E che vuoi sollevare? È il primo caso che il bacio d'una bella donna uccida un uomo. Giuseppe è andato.

ANTONELLO — Morto?

CORINA — Morto.

ANTONELLO — Oh qual orrore m'invade! Voi tre *(accennando ad alcuni briganti)* portate altrove il cadavere. Io tremo tutto.

CORINA — Effetto di complessione diversa. A me il bacio di quella donna avrebbe accresciuto un anno di vita.

ANTONELLO — Bando a cotesti scherzi; in questo momento non li soffro. Noi fummo testimoni d'un prodigio: i miei capelli sono irti. Di simili fatti avevo inteso parlare, ma visto ancora con gli occhi miei non ne avevo nessuno.

CORINA — Bah! un rabbuffo di mal di madre.

PADR'ANTONIO — Uomo carnale, non bestemmiare.

ANTONELLO — Maria, levami un dubbio.

ROSA — Io non mi chiamo Maria; mi chiamo Rosa.

ANTONELLO — Lo spirito dunque è partito?

ROSA — Sí.

ANTONELLO — E tu che ti sentivi, quand'esso parlava per la tua bocca?

ROSA — Nulla. Il mio pensiero, la mia volontà non mi appartenevano piú.

ANTONELLO — E quando è partito?

CORINA — Ma diamine! vogliamo abusare il tempo a cinguettare con un'isterica? Don Peppe, la tua fidanzata testé avea il diavolo in corpo. Padr'Antonio l'ha scongiurata, ma se tu sei un buon figliuolo, la prima notte delle nozze le darai tal rimedio, che glielo caverà per sempre.

ANTONELLO — Signora, il Cielo ti ha voluto salva, e puoi partire.

SIGNORA — Oh sí! né scorderò mai questo giorno. Antonello, a te ed ai tuoi compagni io perdono di cuore il male, che mi avete fatto. In tutto questo avvenimento io vedo il dito di Dio. Figliuol mio, dà la mano a Rosa, ed andiamo.

SBARRA — Signora, permettimi d'accompagnare te, e 'l ragazzo, finché non uscirete dal bosco.

SIGNORA — Grazie, buon uomo; ho i miei servi lì dietro, e poi Padr'Antonio ci terrà compagnia.

CORINA — È giusto. Le vedove appartengono ai frati.

ANTONELLO — E voi andate a salvamento con lui, e tu, Padr'Antonio, prega per me.

SBARRA — Ed anche per me.

PADR'ANTONIO — E Dio salvi entrambi, ed anche quel pezzo di carne con due occhi, che si chiama Corina. *(Parte con la Signora, Luigino e Rosa).*

CORINA — Finalmente ci siamo. Antonello, apri la lettera di Don Peppe, e badiamo ai casi nostri.

ANTONELLO — Aprila e leggila tu: io non ho forza di farlo. Una malinconia, una stanchezza, di cui non so rendermi ragione, mi ha tutto 'invaso. Il fato di quell'uomo *(accennando Giuseppe)* è compiuto, e sento che il mio è presso a compiersi pure. Ma come? Nol so: mi veggio una fitta nebbia avanti gli occhi. Leggi, Corina.

CORINA *(Legge)* "Caro Antonello, abbi piena fiducia; il salvocondotto ti sarà mantenuto a parola". E che vuol dire questa storia?

DON PEPPE — Vuol dire quello che volevo dirvi io, né mi avete lasciato dire. Vuol dire... Sentite? Un suono di tamburo. Sono il Maresciallo e 'l Capocivico con un tamburino che vengono qua inermi a dirvi che siete perdonati. Perdonati, capite? liberi di andare ovunque. O miei cari amici, quind'innanzi non avrete piú bisogno di me; ma ricordatevi del povero Don Peppe, e dategli la mancia per la buona novella.

SCENA XI

MARESCIALLO, CAPOCIVICO, UN TAMBURINO E DETTI

MARESCIALLO — Qua la mano, Antonello; Sbarra, un amplesso; Corina, un bacio; bravi figliuoli, un saluto a tutti voi. Aprite bene le orecchie, pensate alla clemenza del re, e ponetevi in ginocchio. *(Legge)* "Venuti nella Provincia di Cosenza abbiamo veduto con alto rincrescimento che un pugno di briganti capitanati dal famoso Antonello, e traviati dall'empie dottrine fochiste ,comuninistiche e socialistiche, sovversive del trono e dell'altare, alimenta il fuoco della ribellione. Ad occorrere a tanto male ed obbedire alla nostra innata clemenza, accordiamo pieno perdono, ed obblío del passato ad Antonello e compagni, a patto di uscire dalla loro Provincia. Sceglieranno il domicilio in qualunque isola del Regno, recheranno l'armi dovunque, ed il Governo assegnerà a ciascuno un vitalizio di trecento docati all'anno, acciocché la miseria non gli ritorni all'antiche abitudini. Tali concessioni s'intendono come non fatte, se a capo di otto giorni non si presenteranno in Cosenza innanzi ai magistrati. — Cosenza 18 luglio 1844. — Firmato per il Re Ferdinando II. Il suo Commissario".

BRIGANTI — Viva il Re Ferdinando II!

MARESCIALLO — Ed ora, Antonello, dubiti piú oltre di noi? Abbiamo sí o no attenuta la parola?

ANTONELLO — Compagni, ecco il tradimento da me ordito.

BRIGANTI — Viva Antonello! *(Ad ogni grido dei banditi il tamburino dà nel tamburo).*

ANTONELLO — Compagni, noi rinasciamo in questo giorno. Ci stanno innanzi nuove terre, dove potremo far dimenticare il passato. Lasciamo qui i pericoli ed i delitti, e facciamo che una metà di nostra vita pesi meno dell'altra nella bilancia della Provvidenza.

BRIGANTI — Viva Antonello!

SCENA XII

LE DUE DONNE, E DETTI

1. DONNA — E che novelle son queste? Siete davvero perdonati?

2. DONNA — Corina mio, dunque te ne verrai in paese?

SBARRA — Andate via, cornacchie. E tu, Corina, vergognati: mentre Dio ci fa la grazia di salvarci la vita, coteste cosacce non si fanno.

CORINA — Or gua' il diavolo addivenuto predicatore! Sí, sí, mie belle mandracchióle, siamo perdonati. Antonello, pensa che dobbiamo fare un ingresso trionfale in Cosenza, ed io soprattutto. Quella ricciutella, accostati: cedimi la tua benderella di capo, e mettiti il mio cappello. Peste ti dia! come sembri aggraziata! Prendi anche la mia giberna, e il mio schioppo, e dammi il tuo fazzoletto da collo, perché voglio che tu venga scollacciata. E tu, colei, ponti ad armacollo il mio zaino, e prestami il tuo grembiule. Attàccamelo di dietro con questa fettuccia rossa, e bada, ve', di annodarla con due staffe, e due ciondoli. I ciondoli ti piacciono, eh? Cosí con questo fazzoletto in testa, e con quest'altro al collo, e col grembiule me ne verrò tra voi due, e tutti diranno al vederci: Ecco il brigante, e le sue brigantelle come si sono messi in appunto.

MARESCIALLO — Ed io voglio soggiungere: Viva Corina! sempre allegro, e gioviale, ben altro assai da Antonello, che sta con le paturne.

ANTONELLO — È vero; ma ahimé! come posso esser lieto? Mi lascio dietro tre cadaveri, e mi veggio innanzi uno spettro indefinibile. Un cuore mi dice: Resta. Un altro mi dice: Parti; e mentre penso di restare, una mano misteriosa mi spinge innanzi. O Maresciallo, o Capocivico, posso fidarmi di voi? Mi sarete fedeli?

MARESCIALLO — Piú della morte. Orsú, tamburino, suona, ed avanti. Viva la clemenza di Ferdinando Secondo!

ATTO V

(L'azione è nella prigione di Cosenza. È notte: Antonello, Sbarra, Corina dormono su delle panche; un lume arde in mezzo sopra un tavolino, e presso a questo si vede Pacchione con carta da disegno e matita).

SCENA I

PACCHIONE — I briganti dormono e voglio ritrarne le sembianze. Giacché il mio perverso destino non mi ha creduto degno di morire per la libertà gridando Viva l'Italia; giacché da un momento all'altro l'esecrata grazia del Borbone mi manderà via dal carcere e da questo paese, dove nella valle di Rovito lascio, prive d'un memore sasso, ma non incompiante, voi, santissime ossa dei miei fratelli, amo tra gli altri miei dolorosi ricordi portar meco l'immagine dei briganti di Calabria. O bizzarro destino! il bene e 'l male sono dunque nomi vani per te, che accomuni la sorte del virtuoso e dell'assassino, dell'eroe e del brigante? In questa medesima stanza dimorarono i fratelli Bandiera e i loro compagni, ed ora vi riposano masnadieri, e dove morirono gli uni, domani forse morranno gli altri. O Dio, tu vi sei certo e sei giusto; ma alla mia fantasia di artista ripugna il pensiero che il borratello di Rovito, che si tinse del piú nobile sangue d'Italia, riceva adesso quello dei ladri. Che belle sembianze! Che energia! Che fierezza nei muscoli di quei volti! Che terribili soldati dell'indipendenza non sarebbero questi poveri calabresi, se la trista signoria dei Borboni non ne facesse dei briganti! Il Cappuccino mi ha detto che il primo siasi confessato, che il secondo intenda confessarsi, e solo colui di mezzo non abbia voluto saperne. Nondimeno tutti e tre dormono egualmente; ma paiono tranquilli, e non sono. Ecco! la placida forza del sonno non ha potuto sciogliere le loro mani: i pugni serrati e contratti accusano la stanchezza degli animi. Mettiamoci al lavoro.

ANTONELLO — (Si sveglia, e senz'accorgersi di Pacchione, si leva: contempla l'un dopo l'altro i compagni, si piega sopra Corina e lo bacia).

CORINA — (Dormendo) Baciatemi, care ragazze; i corpetti ve li darò.

ANTONELLO — Povero Corina! sempre d'un modo. (Si piega sopra Sbarra e lo bacia).

SBARRA — Oh! che vuoi, Antonello?

ANTONELLO — Tu eri in dormiveglia, mio caro Sbarra?

SBARRA — Sí: stavo cosí a recarmi a memoria molti altri peccati, che non ho detto al Confessore. E tu che cerchi?

ANTONELLO — E che altro posso cercare se non il tuo perdono?

SBARRA — Il mio perdono! E perché, capitano?

75

ANTONELLO — O Sbarra, e mi domandi perché? Io vi ho tradito, io per la mia balordaggine vi porto cosí giovani accaprettati al patibolo. Ah! morrei mille volte a patto di vedervi liberi. Tutto darei, anche la salute dell'anima mia. E sonno non mi è sceso sugli occhi, pensando che voi mi dormivate accanto come due agnelli destinati alla beccheria, voi che foste due leoni accanto a me. E mi sono levato... ed ho sentito il bisogno di baciarvi, di unire i vostri vecchi amici volti al mio, e chiedervi perdono.

SBARRA — *(Si gitta nelle braccia di Antonello).*

ANTONELLO — Ah! fratello mio, chi dovea dirci che ci saremmo abbracciati cosí? Vedi: io piango; ed è la prima volta alla mia vita; ma sentivo bisogno di questo sfogo... E tu, Sbarra, anche piangi? Oh! lascia che le mie lacrime sgocciolino su questo amato capo, dove non entrò mai un sospetto ingiurioso all'infelice Antonello.

CORINA — *(Svegliandosi)* Chi piange cosí? Sbarra, ti veggo gli occhi inumiditi: che diavolo ti avvenne?

SBARRA — A me nulla: ma Antonello è venuto a baciarci entrambi nel sonno, e a chiedermi perdono di ciò, che non è colpa sua.

ANTONELLO — Sí, Corina: e tu mi concedi il tuo assieme con un bacio?

CORINA — Va via, né cercare di commuovermi il cuore, perché, ti dico io, cuore non ne ho. Il bacio non tel do, perché ancora non son degno di te; ma abbi pazienza ed aspetta. Di perdono poi non occorre parlare; un Cristo fu tradito, che meraviglia che sii stato tradito anche tu? Solo (e maledetta sia l'ora che nacqui!) non ci dovevi permettere di deporre l'armi. Oh! se ci fossero rimasti i nostri bravi schioppi!

ANTONELLO — E tu perché lasciasti il tuo?

CORINA — Non ne avevo bisogno, bello mio. Io vado sempre armato, nacqui armato, morrò armato, sono armato al momento.

ANTONELLO — Di denti?

CORINA — Di denti, sí, di denti.

ANTONELLO — Ma dopo mille promesse e giuramenti potevamo noi dubitare? E mentre l'Intendente ci teneva seco a banchetto e ci colmava di carezze, chi avrebbe supposto che cinquanta gendarmi sarebbero entrati ad un tratto a porne le mani addosso?

PACCHIONE — Oh l'infame!

ANTONELLO — (*Volgendosi ed avvedendosi per la prima volta di Pacchione).* Or chi sei tu, che standoci alle spalle ci conti le lacrime e ci spii i pensieri?

PACCHIONE — Un uomo che vi compiange.

ANTONELLO — D'uomo, che non conosco e non amo, il compianto mi offende. Neppure, perdio! lasciarci tranquilli negli ultimi momenti... Donde sei tu?

PACCHIONE — Di Bologna.

ANTONELLO — Il tuo nome?

PACCHIONE — Pacchione.

ANTONELLO — Che fai qui?

PACCHIONE — Son prigioniero.

ANTONELLO — Per che delitto?

PACCHIONE — Ero compagno ai fratelli Bandiera.

ANTONELLO — Oh! che dite, signore? Voi compagno di Attilio e di Emilio Bandiera? Tornate a dirmelo di nuovo.

PACCHIONE — Sí, buon uomo, ero loro compagno, e la volontà del vostro re mi ha negato la fortuna di accompagnarli nella morte..

ANTONELLO — Corina, Sbarra, udite? Ah! Signore, permettete ai miei compagni ed a me di baciarvi la mano. Ma no! siamo briganti, vi rechereste ad onta il nostro omaggio; anche il vostro capo ci respinse, quand'io me gli offrii pronto ad assalire questa prigione, e liberare lui, e voi tutti.

PACCHIONE — Che? saresti tu Antonello?

ANTONELLO — Sí; e piansí nel veder rifiutato il mio braccio: pure volea vederlo, e lo vidi. Ponendomi a pericolo di vita, venni qui in Cosenza e mi confusi nella folla presso al luogo del supplizio. Ed egli passò. Passò ritto, e sereno innanzi a tutti, e, passando, i suoi occhi s'incontrarono coi miei; e da indi in qua mi ho veduto sempre innanzi quegli occhi risplendere nelle tenebre, come stelle sopra un monte lontano, da cui fossi diviso per un abisso. E mi caddero le braccia, e mi sentii mesto e stanco, e le foreste non mi parvero piú belle, e la vita di brigante mi sembrò orribile; e volli presentarmi; perché, vedete, signore, io diceva a me stesso: Egli era nelle mani dei magistrati, e non volle fuggire; io non vi sono, e voglio andarvi. E mi pareva, che cosí facendo mi sarei avvicinato a lui, a quegli occhi, che io vedeva lontano; e che tornando in città, invece dell'orribile tradimento che m'ha colto coi compagni, avrei trovato pace.

PACCHIONE — Mio Dio, perdona se in un momento d'angoscia ho dubitato di te. No! la virtú non è infelice; tu la coroni, tu la premii, e le concedi il potere che morendo in croce tu avesti. Ecco! l'anima dei Bandiera ha redento un'altr'anima; il sangue dei miei martiri compagni comincia a dare i suoi frutti. Accòstati, Antonello; accostatevi anche voi, unitevi tra le mie braccia. *(Corina resta al suo posto, e guarda Pacchione sogghignando)* Oh sentite! io nato nell'Italia settentrionale abbraccio voi, figli del mezzogiorno; e verrà tempo che tutti i miei fratelli abbracceranno i vostri fratelli. E come potrebb'essere altrimenti? Le piú nobili vittime son cadute, e nel loro sangue da tutti i punti d'Italia verranno i giovani a tingere le loro camicie, per poi unirsi come fascio di folgori, e cacciare via i tiranni di nostra bell'Italia. Antonello, tu piangi?

ANTONELLO — Piango di gioja: queste vostre parole mi fanno molto bene.

PACCHIONE — E questa gioja è la pace che speravi trovare. Il pensiero dei Bandiera ti spinse a presentarti, e non ti dispiaccia di essere stato tradito. Fummo traditi anche noi.

SCENA II

PADR'ANTONIO E DETTI

PADR'ANTONIO — Perdoni il signor Pacchione, se le sono di fastidio.

PACCHIONE — Che c'è, Padr'Antonio?

PADR'ANTONIO — C'è che fin da jer sera ricevetti la confessione di Antonello e degli altri suoi compagni; e mi rimane a ricevere quella di questi due qui.

PACCHIONE — Ma dunque si vuole mandarli a morte?

PADR'ANTONIO — Ecco: ho pregato l'Intendente e il Commissario del re, che per telegrafo chiedessero la grazia al nostro Sovrano, e me l'hanno promesso.

PACCHIONE — Padr'Antonio, t'ingannano. Ad Antonello ed ai suoi non aveano eglino mandato un salvocondotto con la promessa della grazia sovrana?

PADR'ANTONIO — Quel salvocondotto era falso: fu una perfida invenzione dell'avvocato del medesimo Antonello.

PACCHIONE — Chi vi dice questo?

PADR'ANTONIO — L'Intendente e 'l Commissario.

PACCHIONE — Padr'Antonio, v'ingannano.

PADR'ANTONIO — No! All'Intendente la non può figurarsi quanto dolga di questa perfidia: l'ho veduto con questi occhi piangerne dal dispetto.

PACCHIONE — Oh governo d'ipocriti! Ma un Maresciallo ed un Capocivico non furono portatori di cotesto salvocondotto, che voi mi dite falso?

PADR'ANTONIO — Sí bene; ma di quei due che vuole le risponda? Mi stringo nelle spalle.

PACCHIONE — Infami tutti, traditori tutti! Ritorno nel mio bugigattolo, miei cari amici. Son prigioniero al par di voi; pure mi offro ai vostri servigi *(Esce)*.

SCENA III

ANTONELLO — Padr'Antonio, che pensano i miei compagni? Si ricordano di me? Mi perdonano essi?

PADR'ANTONIO — A modo se ti ricordano! Ne domandano sempre, pensosi piú di te, che di se medesimi.

ANTONELLO — O cuori di amici! Voglio vederli. Perché me ne hanno separato?

PADR'ANTONIO — Ti servo subito.

SBARRA — No, Antonello; ti prego a non lasciarmi in questi solenni momenti; ho bisogno che tu mi dia animo.

ANTONELLO — Ecco, ti resto qui vicino: che vuoi che ti dica?

SBARRA — Voglio confessare i miei peccati ad alta voce, ed alla tua presenza; e piú che l'assoluzione del monaco, credo essermi necessaria la tua. Ora senti: noi siamo compagni a piú di venti anni, e ti ho provato sempre fedele, e sincerissimo. Perciò voglio credere quello che tu credi, e nell'altro mondo andare dove tu vai. Dimmi dunque in parola d'onore: l'inferno ci è?

ANTONELLO — Povero Sbarra! perché mi fai questa dimanda?

SBARRA — Te la fo, perché se Dio non mi ricevesse in paradiso, me ne dorrebbe poco. Già sono avvezzo a soffrire, e se bandito dal paese ho vissuto tanto o quanto benino, credo che bandito dal cielo troverei pure un cantuccio, chi sa dove, e vi starei a mio bell'agio. Ma l'inferno è ben altra cosa, e, quando vi penso, mi s'accapricciano le carni. Dimmi dunque se ci è?

ANTONELLO — Altro!

CORINA — Ed io consento; e quando ci cascherai, il diavolo penserà ad allumare nuove fascine, e fare una bella sbraciata. Ti verrà vista una sedia; ti parrà pinta in vermiglio; ma nel sedervi sentirai sotto a te un cerchio di ferro infocato, su cui le tue carni avvamperanno.

SBARRA — O Corina, non farmi il buffone in questi momenti. Padr'Antonio, assistimi. Ho un viluppo qui di cose brutte sulla coscienza, che non posso distrigare. Che debbo dire? Ho da inginocchiarmi?

PADR'ANTONIO — Rimanti al tuo posto, e confessati.

SBARRA — Ed io confesso di essere stato uno scavezzacollo, un rubatore di strada, un sanguinario, che ho misfatto dacché nacqui, e fatto un peso d'ogni lana; insomma mi sento brutto.

CORINA — Non occorre dirlo: il volto ne fa fede.

SBARRA — E dàgli, Corina! Via, non molestarmi, non cimentare la mia pazienza.

PADR'ANTONIO — Devi specificare i tuoi peccati. Quanti omicidi hai commesso?

SBARRA — Ci ho pensato stanotte, e mi è sembrato di far tre miglia di via tutta zuppa di sangue. Ah! Il Signore mi faccia misericordia! Ne ho ucciso ventisette.

CORINA — Sbagli: n'hai morti ventotto.

SBARRA — Ventisette, Corina.

CORINA — Ed io ripeto ventotto. Quella donna, cui tirasti una pugnalata nel ventre, era gravida, o no? Ancora mi si rizzano i capelli a pensarvi: dalla ferita si vide uscire la mano chiusa della creatura.

PADR'ANTONIO — Figlio mio, è vera tanta barbarie?

SBARRA — È vera, è vera... O me infelice! io merito l'inferno.

CORINA — E ci andrai.

SBARRA — Ahi! Ahi!

PADR'ANTONIO — Fa cuore, figlio: per fuggire l'inferno basta pentirti.

SBARRA — Pentirmi? E che ho da fare? Ecco io piango, io picchio la fronte per terra, mi mangio le proprie mani.

CORINA — O vile! O poltrone! Egli disonora tutti noi.

PADR'ANTONIO — Basta; e rispondimi sull'articolo *Donne*.

SBARRA — Eh, Padre mio, che vorresti? Sono stato uomo.

CORINA — Sei stato un porco.

PADR'ANTONIO — Puoi specificare il numero?

SBARRA — Il numero? E chi può ricordarlo?

PADR'ANTONIO — Puoi rammentarti almeno i tuoi furti?

SBARRA — Sí; ho rubato coi compagni; ma ecco, ora restituisco tutto.

PADR'ANTONIO — E che restituisci?

SBARRA — Non ho che cinquanta piastre: è tutto il tesoro che io mi serbava, caso che il governo ci avesse perdonato.

PADR'ANTONIO — Non piú che cinquanta piastre! E pensare che per sí poco hai fatto tanti anni il malandrino col pericolo di finire come un cane, e dannarti l'anima; è troppo orribile.

SBARRA — E te ne stupefai, Padre mio? Il brigante è sempre povero: egli spoglia uno per vestirne dieci e deve comprar tutto, infino l'aria, infino il Sole.

PADR'ANTONIO — E le cinquanta piastre, che dici, dove l'hai riposte?

SBARRA — Nella contrada *Acqua del Corvo*. Vedrai presso la fonte una quercia: la quercia ha un cavo ad otto palmi da terra; cacciavi la mano, e troverai il denaro.

PADR'ANTONIO — Vuoi con esso che io celebri per l'anima tua?

SBARRA — Sí, Padre mio: raccomandami al Signore, e pígliati tutto.

PADR'ANTONIO — Odimi, Sbarra. Bisogna per salvarti che tu ami Dio, ed il prossimo. Ami dunque il tuo prossimo? Perdoni ai tuoi nemici?

SBARRA — Io non ho nemici.

PADR'ANTONIO — Il Maresciallo e 'l Capocivico, per esempio, io li credo innocenti; tranne ch'entrambi furono tratti in inganno dall'avvocato.. Ma ad ogni modo tu li credi traditori. Dimmi: Ti senti di perdonarli?

SBARRA — Antonello, che debbo rispondere? Tu perdoni a quei due scellerati?

ANTONELLO — Ho perdonato.

SBARRA — Ed io, Padr'Antonio, perdono pure.

PADR'ANTONIO — Bravo, figlio mio! E come tu perdoni altrui, Dio pure perdonerà a te. Già non credo che per voi vi sia sentenza di morte:: nondimeno è stato buono ch'io vi abbia disposto l'anima. Adesso raccogliti in te medesimo, e, quando sarà tempo, ci rivedremo. Or vengo a te, o Corina. Che pensi di fare?

CORINA — Nulla.

PADR'ANTONIO — Intendi confessarti?

CORINA — No.

PADR'ANTONIO — Vuoi dunque morire da turco?

CORINA — Da uomo.

PADR'ANTONIO — Oh! a nome di Gesú Cristo, fatti il segno della croce, figliuolo, e manda via cotesta tentazione del diavolo.

CORINA — Ze' Monaco mio, tu getti via il fiato. Io non sono terra da porci vigna. L'uomo ha il corpo, e l'anima: col corpo si unisce alla donna, con l'anima a Dio; e túffete il frate e 'l prete vengono a dirgli: A cotesta tua unione vogliamo assistere noi. Andate al diavolo, ficcanasi maledetti. Ciascuno ha sue magagne, e le mie deve saperle la donna che mi bacia, il Dio che mi guarda.

PADR'ANTONIO — Ma tra Dio e te io sono il mediatore.

CORINA — Canchero! e non sei uomo al par di me? Io son ladro, ma anche voi, o reverendi, non minchionate, e se io rubo, minacciando la morte, tu sei mignatta delle borse altrui, minacciando l'inferno. Non hai cosí a quel balordo di Sbarra testé trappolato cinquanta piastre?

PADR'ANTONIO — Tu bestemmii.

CORINA — Io ragiono, mio bel padrino. Oh! si è fatto giorno. Apriamo l'imposta di quei cancelli. O brezza soave e fresca del mattino! O sole, che forse per me spunti l'ultima volta! O monti, o foreste, o burroni della Sila, che invano mi chiamate! O torbido Busento, o Crati maestoso, o immenso Vallo della nostra bella Cosenza popolato di querce, di olivi, di fichi, di vigne, e di vaghissime donne, addio, addio.

PADR'ANTONIO — Figlio mio, non voler morire da turco.

CORINA — Quanta gente si affolla laggiú in fondo alla strada! Come tutti gli occhi si sollevano a questi cancelli! Ah! *(voltandosi ad un tratto)* Padr'Antonio, perdonami; ho scherzato; ma io sono cristiano, e intendo confessarmi.

PADR'ANTONIO — O mio Dio! io ti adoro: la tua santa grazia ha tòcco finalmente il cuore di quel traviato.

CORINA — Sí, la grazia mi ha tòcco. Voglio confessarmi, ma ad un patto, sai?

PADR'ANTONIO — Sarebbe?

CORINA — Tra la gente che si accalca laggiú ho veduto due donne, che mi sono appartenute. Padr'Antonio, tu devi condurmele qui.

PADR'ANTONIO — O sciagurato! E con cotesto attacco alla colpa intendi confessarti?

CORINA — Padre mio, son dispostissimo, e tanto, che avendo io colaggiú visto pure il Capocivico e 'l Maresciallo, son risoluto, se condurrai essi pure, di perdonare a tutti e due.

PADR'ANTONIO — Ma presso a quelle due male femmine non sai che ogni tuo sguardo e parola sarà un nuovo peccato mortale?

CORINA — E sia. Supponghiamo che al momento io abbia cento peccati: con quelle donne quanti altri ne potrò commettere? Due, quattro, sei, dieci? E tu mi darai l'assoluzione per cento dieci; il piú e 'l meno non guasta; tanto che mi devi assolvere.

PADR'ANTONIO — Non posso.

CORINA — Padrone! e se a te non piace assolvermi dei dieci peccati nuovi, a me non piacerà di confessare i miei cento peccati vecchi.

PADR'ANTONIO — O cielo, in che bivio mi trovo! Mio caro Antonello, mio caro Sbarra, andate per un momento a riunirvi ai vostri compagni. L'empie parole di costui possono darvi scandalo. *(Antonello e Sbarra escono)* Dunque?

CORINA — Dunque fa che io parli alle mie donne, e poi sarò tutto tuo.

PADR'ANTONIO — Lo vuoi davvero?

CORINA — Davvero.

PADR'ANTONIO — Ed io vo' appagarti. Signore, guarda alle mie intenzioni, e ciò che faccio non reputarmi a peccato.

SCENA IV

CORINA SOLO

Finalmente son solo. Ah! Corina, Corina, t'illacciasti nella rete come un merlo. Sei una bestia, Corina. Io te l'avea detto: Corina, sta sull'avviso, quel Capocivico e quel Maresciallo sono un pajo di furfanti: e tu, bestia di Corina che sei, non volesti darmi ascolto. Or ben ti sta: rompi quei cancelli se puoi. Ad ogni modo morire da minchione non voglio. *(Si cava di tasca una pistola)*. Pistoletta mia, bella mia, io ti chiamerò santa pistola, se sarai buona. La polvere ci è, il cappelletto ci è, e se invece di un colpo ne avessi due, che non ti farei!

SCENA V

PADR'ANTONIO, LE DUE DONNE, E DETTO

PADR'ANTONIO — Figlio mio, ti ho condotto le tue amiche, ed i tuoi amici.

CORINA — Prima le amiche, e poi gli amici. *(Padr'Antonio esce, ed entrano le due donne)*.

1. DONNA — O Corina, in che stato ti troviamo! *(piange)*.

2. DONNA — Mi scoppia il cuore a pensare al brutto tradimento che ti hanno fatto.

CORINA — Mie care colombe, non ve n'affannate: lacrime non posso vederne. Ho vissuto allegro; allegro voglio morire. Lisciatemi il mento, tiratemi la barbetta come una volta, e mi farete piacere.

1. DONNA E 2. DONNA — Questa tua spensieratezza maggiormente ci lacera l'anima. Sei forse vicino alla morte, e puoi ridere, e puoi parlare cosí?

CORINA — Vorreste ch'io fossi il mio boia? Asciugate le lacrime, ed udite. Quando mi sentirete morto, andate tutte e due nella Sila alla contrada *Cariglione*. Vedrete tre agrifogli in fila, scavate attorno a quello di mezzo, e troverete sei mila ducati in oro. Tre saranno i tuoi, mia bella dagli occhi vetrini, e tre i tuoi, o graziosa pacchierona. Avrete cosí una bella dote, e vi troverete un marito.

1. DONNA — Queste parole ci sono al cuore altrettanti coltelli.

2. DONNA — Noi abbiamo amato la bella vita tua, non già il denaro; non vogliamo né i tre mila ducati, né il marito.

CORINA — Voi vi piglierete l'una cosa e l'altra, amiche mie. Ora andate e ricordatevi di me.

1. DONNA — E ci mandi via cosí subito?

CORINA — Non ho altro a dirvi. Andate, ed inviatemi i miei amici.

1. DONNA} — Amici? Ma che razza di amici! Sono due

2. DONNA} — furbi bollati.

CORINA — Non sparlate del prossimo: gli accusate a torto.

1. DONNA — Ci rivedremo altra volta?

CORINA — Lo spero. *(Le donne escono)* E cosí vi saranno due persone, che al sapermi morto diranno: Povero Corina! — Le loro lacrime son vere o simulate? Che mi preme il saperlo? Son lacrime.

SCENA VI

IL MARESCIALLO, IL CAPOCIVICO, E DETTO

MARESCIALLO} —

CAPOCIVICO} — È permesso?

CORINA — Tiratevi avanti, miei buoni amici, siete sempre i benvenuti.

MARESCIALLO — Vedi Corina, come due giorni son bastati ad invecchiarmi. Sono antico ed onorato militare, e il pensiero che chi non mi conosce possa credermi traditore mi rode l'animo.

CORINA — E che v'importa ciò che potran dire gli sciocchi? Il tradito son io, ed io so tutto. Non crediate già ch'io sia un bambino.

CAPOCIVICO — Anzi!

CORINA — E so che tutta la colpa è dell'avvocato, che ingannò voi e noi.

MARESCIALLO — Ed io, te lo giuro, gliela farò vedere. Il tristo si è imbucato, ma come caccerà il capo fuori, glielo taglierò dovunque lo incontri. Lo farò, od io non son io.

CORINA — Non uccidere nessuno, mio caro Maresciallo: io gli ho perdonato. Non vo' dannarmi l'anima, ed intendo di morire in pace con tutti. Ah no! Non l'avvocato, ma Dio mi tradisce, perché io, scellerato che fui, tradii lui. E non ha egli detto che chi uccide di coltello, deve morire di coltello? La mia morte è giusta, e per crudele che possa essere, sarà sempre da meno dei miei meriti. *(Piange).*

MARESCIALLO — Ma perché ti metti a piangere? L'Intendente ha implorato per telegrafo la vostra grazia, e dovete sperare.

CORINA — Io non ho che farmene della grazia del re; voglio quella di Dio. Ahimé! l'inferno mi s'apre sotto i piedi, il diavolo dagli occhi di bragia mi attende col suo raffio in mano, e Padr'Antonio, l'uomo piú santo e dotto, s'altri ve n'è, m'ha detto, ch'ei non basta dire Signore! Signore! per andare in Cielo, ma ci vogliono opere buone; ed io (oh me infelice!) avrei il modo da farle, ma non posso.

MARESCIALLO — Che intendi dire?

CORINA — Intendo dire che io ho rubato, ammazzato, ribaldeggiato; e se potessi del mio denaro parte restituire a chi l'ho tolto, e parte spendere in elemosine, io purgherei le mie colpe.

MARESCIALLO — E tu spendilo.

CORINA — Spendilo! E come volete che io pigli il mio denaro se sono prigioniero!

MARESCIALLO — Manda altri invece tua.

CORINA — Ah! voi medesimi diceste dianzi ch'io non sia un bambino: e quel denaro ho saputo cosí nascondere, che neanco il diavolo lo troverebbe facilmente. O miei cari amici, cercate ad ottenermi dall'Intendente licenza di condurmi per un giorno, accompagnato da quanti gendarmi vorrà lui, in campagna.

MARESCIALLO — Ciò non si può.

CORINA — È vero; io già lo sapea che non si può, ma non credevo a me stesso, ed ho voluto chiederne a voi. Ventimila ducati, ventimila peccati! O me infelice! e dovranno perdersi, rimanere sepolti chi sa fino a quando sotterra... cadere in mano di qualcuno piú scellerato di me, che se la sbajoccherà alla mia barba... mentre io per non aver potuto farne elemosine starò a cuocermi eternamente nell'inferno! Ahi! Ahi! *(Piange)*.

MARESCIALLO E CAPOCIVICO — Povero Corina, ci fai pietà; ma rivela il luogo all'Intendente, ed egli manderà tanti uomini a scavare nel luogo indicato, che troverà certo il tuo tesoro.

CORINA — L'Intendente dite? Ma io non mi fido dell'Intendente.

MARESCIALLO — Fidati dunque di Padr'Antonio: è uomo di coscienza.

CORINA — Degli uomini di coscienza io dubito soprattutto. Padr'Antonio consiglia agli altri il bene, ma egli temo che nol faccia, e coi miei ventimila ducati farebbero cotenna i suoi torzoni, non già i poverelli.

MARESCIALLO — Ben ti apponi, Corina; tu sei molto avveduto. Ma dunque che ha da farsi?

CORINA — Io faceva assegnamento su di voi, ma...

MARESCIALLO — Che vuol dire quel ma?

CORINA — Menatemi buono il parlar libero; ma io temo di voi quello che di Padr'Antonio.

MARESCIALLO — Ed io ti chieggo lo stesso, e ti dico alla mia volta che mille ducati mi bisognano, e me li piglierei; altri mille occorrono al nostro Capocivico, e se li piglierebbe del pari; ma del resto, giúraci, si farebbe il voler tuo.

CORINA — Tanta sincerità mi piace, e voglio premiarla. Pigliatevi tremila ducati ciascuno: siete contenti?

MARESCIALLO — Sí; ed ora?

CORINA — Ed ora vi dirò dove dorma il mio tesoro. Sapete la contrada *Santa Barbara?*

MARESCIALLO — Sicuro.

CORINA — Sapete quei due grossi pini di là dalla fiumara?

MARESCIALLO — E come no?

CORINA — E l'enorme pietrone che sorge sulla sinistra della fiumara lo sapete?

MARESCIALLO — Senza dubbio.

CORINA — Ebbene, io ho diviso il mio tesoro, dieci mila in un punto, dieci mila in un altro. Il nodo sta ad imbroccarli, ed ecco come si fa. Piantatevi lí dritti. Supponghiamo che voi siate i due pini, e questo scanno qui la pietra. Voi vi fermerete sulla pietra; poi guardando i pini camminerete innanzi a voi cinque passi e mezzo. Giunti qui, piglierete due pistole. Eccone una; avete voi l'altra? *(Il Maresciallo gli dà la sua pistola)* Grazie! Dunque uno di voi camminerà con una pistola alla destra, con una pistola alla sinistra; prenderà la mira nel centro dei due pini, poi devierà in fuori il braccio lentamente di un palmo dal punto di mira, e farà fuoco. Le due palle andranno a cadere nei due punti dov'è nascosto il mio tesoro.

MARESCIALLO — Bravo, Corina! Avevi ragione a dire che difficilmente altri avrebbe potuto scovarlo.

CORINA — Non vi movere ancora. Ci è ben altro a soggiungervi.

MARESCIALLO — Che cosa?

CORINA — Che i traditori pari vostri debbono finire cosí.

(Spara le due pistole; il Maresciallo e il Capocivico cadono morti).

SCENA VII

L'INTENDENTE, PACCHIONE, PADR'ANTONIO, GENDARMI, E DETTO

PADR'ANTONIO — O Dio! che facesti!

CORINA — Mi ho sgravato la coscienza.

INTENDENTE — Ah, Corina! mentre chieggo la tua grazia al re, tu commetti nuovi misfatti. Gendarmi, pigliate costui, Antonello e tutta la masnada, e da questa prigione si conducano al carcere centrale. Questo po' di rigore, di cui sono io pel primo dispiaciuto, è necessario dopo quanto è seguíto. Gendarmi, levate quei due cadaveri; Pacchione, rimanti con me; Padre Antonio, accompagna quello sciagurato (Escono tutti).

SCENA ULTIMA

L'INTENDENTE E PACCHIONE

INTENDENTE — Or vedi, caro Pacchione, quanto foste stolti ad attaccare il trono del nostro re. Voi liberali siete fanciulloni, e nulla è piú facile che l'ingannarvi. Noi usiamo l'arte, l'ingegno, che a voi manca. Eravate in Malta; lo sapemmo, e v'attirammo nella rete. Non fu un bel colpo?

PACCHIONE — E chi ne dubita?

INTENDENTE — A pacificare la provincia rimaneva a distruggersi la masnada di Antonello; ed eccola distrutta. *(Si ode un tamburo)* Non è un altro bel colpo?

PACCHIONE — Che significa ciò?

INTENDENTE — I briganti passano all'altra prigione.

PACCHIONE — Ma voi non prometteste a loro un salvocondotto?

INTENDENTE — Senza dubbio. Era l'unico modo per averli nelle ugne.

PACCHIONE — E poi li mandaste in prigione?

INTENDENTE — E dove volete che gli avessi mandati?

PACCHIONE — Ed ora si concede ad essi la grazia che fu negata ai Bandiera!

INTENDENTE — Credo di no.

PACCHIONE — Dunque gl'ingannate?

INTENDENTE — È necessario che non parlino; uomini che vissero in campagna venti anni potrebbero, rivelando i loro complici nella milizia, nella magistratura e nella borghesia, turbare la pace della provincia. I panni lordi non si lavano, ma si bruciano.

PACCHIONE — Oh! *(si ode la scarica di più fucili)* Mio Dio! che avvenne?

INTENDENTE — I briganti hanno ricevuto la grazia.

PACCHIONE — O infamia!

INTENDENTE — O effetto d'ingegno!

PACCHIONE — Signore Intendente, il governo dei Borboni vive di tradimento, e, stampatevelo nella memoria, di tradimento morrà .